Alice et le diadème

Retrouvez *Alice* dans la Bibliothèque Verte

Alice et le chandelier
Alice et les faux-monnayeurs
Alice au manoir hanté
Alice et les diamants
Alice au ranch
Alice et la pantoufle d'hermine
Alice et le violon tzigane
Alice au bal masqué
Alice et le diadème
Alice et le carnet vert
Quand Alice rencontre Alice
Alice au Canada
Alice et les chats persans
Alice et la malle mystérieuse
Alice et l'esprit frappeur
Alice écuyère
Alice en Écosse
Alice chez les Incas
Alice et la réserve des oiseaux
Alice et la rivière souterraine
Alice à Venise
Alice et la poupée indienne
Alice chez le grand couturier
Alice et le cheval volé
Alice chez les stars
Alice et le fantôme de la crique
Alice et l'architecte diabolique
Alice et la dame à la lanterne

Caroline Quine

Alice et le diadème

Traduction
Anne Joba

Illustrations
Marguerite Sauvage

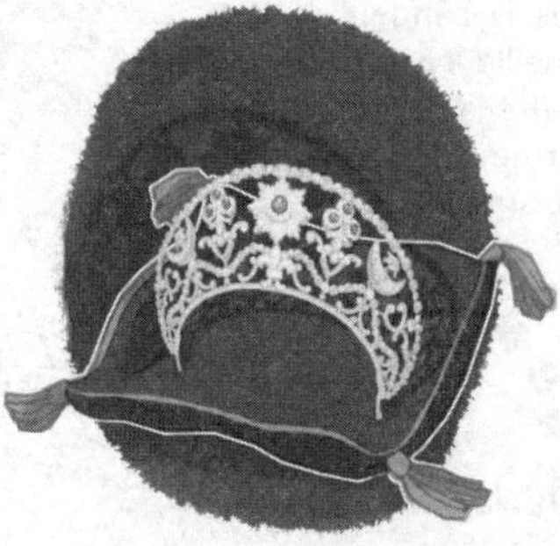

HACHETTE
Jeunesse

Alice

Jeune détective de choc, extrêmement perspicace et courageuse pour ses dix-huit ans. Au volant de son cabriolet, elle se lance dans des enquêtes toujours trépidantes... quitte à affronter des adversaires aussi malhonnêtes que dangereux !

Marion

Le garçon manqué de la bande. Avec Bess, c'est la meilleure amie d'Alice... Grande sportive, elle a le goût de l'aventure, et ne dit jamais non à une bonne enquête !

Bess

C'est la cousine de Marion. Gourmande, coquette et aussi un peu timorée, elle finit cependant toujours par suivre ses amies dans les aventures les plus risquées...

James Roy

Le père d'Alice.

Ce célèbre avocat prête souvent main-forte à sa fille dans ses enquêtes… quand ce n'est pas Alice qui l'aide à résoudre les énigmes les plus ardues !

Ned

Lorsqu'il n'est pas retenu par ses épreuves sportives ou par ses cours à l'université, ce beau jeune homme aide les trois amies à résoudre les mystères les plus ténébreux… pour le plus grand plaisir d'Alice !

L'ÉDITION ORIGINALE DE CE ROMAN A PARU
EN LANGUE ANGLAISE CHEZ GROSSET & DUNLAP,
NEW YORK, SOUS LE TITRE :
The phantome of Pine Hill

Traduction revue par Anne-Laure Estèves.

Hachette Livre, 43, quai de Grenelle, 75015 Paris.

chapitre 1

Le voleur fantôme

Alice Roy fixe sur l'employé de l'hôtel un regard incrédule.

— Mais j'avais retenu deux chambres ! s'exclame-t-elle.

L'homme a un geste agacé.

— Je suis désolé, mademoiselle. Avec tous les visiteurs qui sont venus assister à la fête de l'université d'Émerson, il n'y a plus un seul lit disponible !

Les deux jeunes filles qui accompagnent Alice tournent vers leur amie un visage consterné. L'une d'elles, Marion Webb, une brune à l'allure décidée, proteste vigoureusement :

— C'est inadmissible ! Vous n'aviez pas le droit d'attribuer nos chambres à quelqu'un d'autre !

Sa cousine, la blonde et jolie Bess Taylor, semble désemparée.

— Qu’est-ce qu’on va faire, Alice ? demande-t-elle.

— Regarde, lui répond son amie en lui indiquant le beau jeune homme, à l’allure sportive, qui s’avance à grands pas vers elles, le sourire aux lèvres. Voici ta réponse : Ned Nickerson !

Ned et ses deux amis, Daniel Evans et Bob Eddleton, ont invité les trois jeunes filles à la fête de l’université qui a lieu chaque année en juin pendant une semaine. Après avoir gaiement salué Ned, Alice lui fait part de leurs ennuis.

— Ne t’inquiète pas, la rassure-t-il aussitôt. Je vais te dénicher un endroit où dormir, mais à une condition : que, pendant ton séjour ici, tu acceptes d’élucider un mystère...

— Un mystère ? Avec plaisir ! s’enthousiasme la jeune détective, les yeux brillants de joie.

Le jeune homme se dirige alors vers une cabine téléphonique. Au bout de quelques minutes, il revient, visiblement satisfait.

— J’ai contacté un vieux monsieur qui habite un manoir pas très loin d’ici, tout en haut d’une colline couverte de pins. On l’appelle d’ailleurs *La Butte aux Pins*. La maison est ancienne et elle est entourée d’un très beau parc qui descend jusqu’à la rivière. Le propriétaire est un célibataire endurci qui vit seul avec sa gouvernante, une femme très gentille qui lui est totalement dévouée.

— Continue, l’incite Alice en secouant les boucles d’or qui lui auréolent le visage.

— Son nom est John Rorick, mais tout le monde l'appelle oncle John. Il aime beaucoup les jeunes et on passe souvent le voir avec mes amis.

— C'est chez lui que tu veux nous loger ? interroge Bess, qui a hâte de trouver un gîte.

— Oui. Il a tout de suite accepté de vous recevoir et m'a même remercié quand il a su qu'Alice était une détective amateur et que, Marion et toi, vous l'aidiez dans ses enquêtes. Il faut dire qu'il se passe des choses étranges dans son manoir depuis quelque temps !

À cette dernière phrase, le visage rieur de Bess s'assombrit. Elle rouspète :

— Je n'ai aucune envie de me lancer dans une aventure dangereuse ! Daniel m'a invitée ici pour qu'on s'amuse !

— C'est aussi ce que m'a promis Bob, ajoute Marion. Cela dit, tu peux nous parler de ce mystère ?

— Chut ! murmure Ned avec malice. Il faut que vous attrapiez le fantôme de *La Butte aux Pins* !

— Attraper quoi ? s'étrangle Bess.

— Oncle John vous racontera tout. Je vais téléphoner à Bob et à Daniel pour les mettre au courant du changement de programme, puis je vous amènerai au manoir.

Pendant que Ned appelle ses amis, les jeunes filles remettent donc leurs valises dans le cabriolet d'Alice. Les quatre amis s'y entassent et Ned prend le volant. Ils traversent la petite ville d'Émerson, qui occupe l'extrémité d'une anse formée par un affluent de l'Ohio. Au bout d'un moment, ils s'engagent sur une route secondaire, d'où l'on voit l'eau miroiter au loin.

— Parmi les animations de la grande semaine de juin, leur annonce Ned, il y aura une reconstitution de la vie des premiers colons dans la vallée de l'Ohio. Ça se passera dans cette petite baie. On fera partie des figurants, Daniel, Bob et moi.

— On louera des places au premier rang alors, déclare Bess. Je sens que ça va être très drôle de vous voir costumés ! Qu'est-ce que vous allez porter ?

— C'est un secret, chuchote Ned, mystérieux.

Quelques minutes plus tard, la voiture grimpe une colline couverte de magnifiques pins et bientôt le conducteur s'écrie :

— On y est !

Il tourne à gauche dans une avenue sinueuse et freine devant l'entrée d'une imposante maison. La porte s'ouvre sur un homme grand, aux cheveux gris et aux yeux bleus, qui s'avance sur le perron.

— Bonjour, les accueille-t-il. C'est mon jour de chance ! Un bouquet de jolies détectives ! Me voilà le plus heureux des hommes !

Ned ayant fait les présentations, M. Rorick souhaite la bienvenue aux jeunes filles et les prie aussitôt de l'appeler oncle John. Sa gouvernante apparaît à son tour sur le seuil. Il la prend amicalement par le bras et explique :

— Voici Mme Holman, une perle qui prend un soin jaloux de moi et, à l'occasion, n'hésite pas à me tyranniser.

Un sourire taquin accompagne ces derniers mots. La gouvernante rougit, heureuse du compliment.

— C'est très gentil à vous de nous recevoir, oncle John, le remercie la jeune détective au nom de ses amies. Et pour vous prouver notre reconnaissance, on fera notre possible pour trouver votre fantôme, puisqu'il vous dérange. En tout cas, c'est ce que j'ai cru comprendre, parce que Ned n'a pas été très explicite à ce sujet. Il a juste fait allusion à un fantôme...

Tout en parlant, la jeune fille regarde Mme Holman. Celle-ci lui rappelle beaucoup sa chère Sarah, qui lui tient lieu de mère depuis sa plus tendre enfance. Devenu veuf après seulement quatre ans de mariage, son père, James Roy, avocat de grand renom respecté de tous, a reporté toute son affection sur sa fille et l'a initiée très tôt à ses affaires en lui confiant de petites enquêtes. Depuis deux ou trois ans, Alice vole de ses propres ailes et de nombreuses personnes lui confient le soin d'élucider des mystères qui les laissent perplexes ou lui demandent de retrouver des biens volés par d'insaisissables criminels. Très modeste malgré ses talents avérés, la jeune fille s'appuie sur l'expérience de son père et s'aide de ses conseils.

Ned sort les valises du coffre de la voiture et suit M. Rorick, qui entre dans le manoir avec les jeunes filles. Les trois amies ont à peine franchi le seuil qu'elles se sentent déjà chez elles. Les murs de la grande entrée sont recouverts de boiseries en chêne sculpté. Sur le sol dallé, un vaste tapis persan apporte une note colorée. Il règne là une atmosphère accueillante, qui semble inviter les hôtes de passage à s'attarder. La jeune détective remarque aussitôt, dans le fond à gauche, une porte fermée par un gros cadenas. « Est-ce que c'est à cause du fantôme ? » se demande-t-elle.

Bientôt, cependant, Ned annonce qu'il doit regagner l'université.

— Tu veux que je te ramène ? propose Alice.

— Non, non, lance-t-il. C'est gentil, mais vous avez tout juste le temps de défaire vos valises et de vous changer pour la soirée organisée à Oméga, notre résidence sur le campus. Je vais prendre le bus qui s'arrête un peu plus bas sur la route. À tout à l'heure !

Après son départ, Mme Holman conduit les trois amies au premier étage, où elle leur a préparé deux chambres contiguës. Celles-ci sont très agréables avec leur papier peint aux teintes douces et leurs lits à baldaquin. Alice s'installe dans la plus petite des deux, puis rejoint ses amies et la gouvernante dans la pièce d'à côté.

— Le parc est magnifique ! s'exclame Bess en courant à la fenêtre.

Au-dessous, un jardin de roses et une immense pelouse s'étendent. Au fond, les trois amies distinguent un bosquet de pins à travers lequel l'eau scintille.

— C'est l'anse des Pionniers, commente Mme Holman. Un peu après 1700, les ancêtres de M. Rorick ont descendu la rivière en bateau et ont abordé ici. La vue qu'on a du haut de la colline leur a tellement plu qu'ils ont décidé d'y construire une cabane en rondins. Plus tard, ils ont édifié le manoir exactement au même endroit.

De l'autre côté de la baie, les bâtiments de l'université s'étalent sur une petite butte.

— Que c'est beau ! souffle Marion.

— Oui, et c'est plus beau encore au clair de lune, affirme la gouvernante. Je devrais plutôt dire c'était... parce que maintenant...

La gouvernante marque une pause. Alice croit discerner une expression de peur sur son visage. Enfin, la voix altérée, elle reprend :

— Oui, à présent le fantôme rôde entre les arbres comme une gigantesque luciole.

— Vous l'avez vu ? questionne la jeune détective, intriguée.

— Non, aperçu seulement. Mais M. Rorick vous racontera ce qui s'est passé. Descendez quand vous serez prêtes.

Curieuses d'apprendre la suite, les trois amies suspendent rapidement leurs vêtements dans la penderie et s'empressent de rejoindre leur hôte, qui les attend au pied de l'escalier. Il les fait passer dans le salon – une pièce de belles dimensions, meublée dans le style XVIIIe – et les invite à s'asseoir dans des fauteuils recouverts de fines broderies.

— Je parie que vous brûlez d'envie de tout savoir sur le fantôme de *La Butte aux Pins*..., commence-t-il avec un sourire. À vrai dire, j'ai l'impression qu'il cherche quelque chose dans ma bibliothèque. Un jour, en effet, je me suis rendu compte que des livres avaient été déplacés. J'ai aussitôt fait vérifier la fermeture des fenêtres et poser un gros cadenas à la porte. Pourtant, ces précautions n'ont pas suffi à décourager le mystérieux intrus, que j'ai baptisé fantôme, car il continue à nous rendre visite.

— C'est bizarre en effet, admet Marion. Avez-vous un indice qui nous indiquerait comment il procède pour entrer ?

— Pas le moindre, avoue M. Rorick. Mme Holman s'entête à croire que c'est un fantôme qui traverse les murs.

Alice lui demande alors s'il garde de l'argent dans sa bibliothèque.

— Oui, mais je ne crois pas qu'on y ait touché. Remarquez, j'ai peut-être mal vérifié. Je suis d'un naturel très étourdi...

Il éclate de rire et les trois amies font de même. Redevenant grave, le vieux monsieur reprend :

— Entre nous, je dois vous avouer que l'idée qu'un fantôme se promène dans ma maison me donne la chair de poule !

— Comme je vous comprends ! approuve Bess

du fond du cœur. J'espère ne jamais en voir un de ma vie ! D'ailleurs, ce soir, je vais m'enfermer dans ma chambre et dormir avec la tête sous les couvertures, ce sera plus sûr !

— Moi, déclare Alice, j'espère bien rencontrer cette apparition ! Et je suis persuadée que c'est un être humain, en chair et en os ! La première chose à faire est donc de découvrir comment il s'introduit dans votre bibliothèque.

— Pas maintenant, rechigne Bess. On va être en retard, n'oublie pas qu'on nous attend.

La jeune détective jette un regard à sa montre et constate que son amie a raison.

— En tout cas, affirme-t-elle, j'ai bien l'intention de commencer cette enquête dès que possible.

Peu après, les trois jeunes filles, rayonnantes dans leurs robes légères, prennent le cabriolet d'Alice pour rejoindre le campus. Une joyeuse animation règne dans la résidence Oméga. Étudiants et invitées bavardent en buvant des rafraîchissements et en grignotant des petits-fours. Alice, Bess et Marion connaissent la plupart des personnes présentes dans la salle car elles viennent à presque toutes les fêtes organisées par l'université d'Émerson. Elles retrouvent Ned ainsi que Bob et Daniel qui, comme leur camarade, sont de grands sportifs et d'excellents joueurs de football. Le premier est blond et trapu alors que l'autre est blond et mince. Très fiers d'être en aussi belle compagnie, tous trois promènent leurs cavalières de groupe en groupe.

Alors qu'ils sont en pleine conversation, un jeune homme âgé d'environ vingt-cinq ans, la mâchoire tombante, vêtu d'une veste blanche mal ajustée, s'approche de Ned et de sa cavalière. Il porte un plateau chargé de verres remplis de citronnade et arbore un sourire un peu niais. Comme il arrive près de la jeune fille, le plateau oscille et les verres répandent leur contenu sur la robe d'Alice avant de tomber à terre en se brisant.

— Vous ne pourriez pas faire un peu attention, Fred ? gronde Ned, mécontent.

— Excusez-moi, marmonne le serveur en se baissant pour ramasser les débris.

La jeune fille jette un regard navré sur sa jolie robe blanche, maintenant toute tachée.

— Il ne me reste plus qu'à aller me changer, se désole-t-elle.

Ned propose de la conduire à *La Butte aux Pins* et ils partent aussitôt. Entendant le bruit du moteur, M. Rorick et Mme Holman s'avancent à leur rencontre et, apprenant ce qui s'est passé, déplorent à leur tour l'incident.

— C'est la faute de ce maladroit de Fred Braul, explique le jeune homme. Il travaille parfois chez vous, il me semble ?

— Oui, convient la gouvernante. Il n'est pas très habile mais je m'y suis habituée. Ce n'est pas facile de trouver des extras. Est-ce que je peux faire quelque chose pour vous, Alice ?

— Non, merci. Ne vous dérangez pas.

Elle monte l'escalier en courant, enlève sa robe et la remplace par une autre, en soie imprimée. « J'ai envie de mettre mon collier de perles, cela l'éclairera un peu », décide-t-elle. Elle prend l'écrin dans sa valise, l'ouvre et pousse un cri de stupeur. *L'écrin est vide !*

La jeune fille ferme les yeux un moment, refusant de croire à la réalité. Une pensée lui traverse immédiatement l'esprit : le fantôme et le voleur ne font qu'un... Mais elle la chasse aussitôt, la jugeant ridicule, et retrouve son calme. Elle remet l'écrin en place puis, lentement, descend au rez-de-chaussée. L'idée d'annoncer à M. Rorick ce qui vient d'arriver ne l'enchante pas. Pourtant, elle doit l'en avertir, car d'autres vols pourraient se produire.

Pauvre M. Rorick ! Il est tellement consterné d'apprendre la disparition de ce collier qu'il propose tout de suite d'en acheter un autre à la jeune fille. Mme Holman, quant à elle, prend une expression à la fois compatissante et terrorisée.

— Ne vous tourmentez pas pour ce collier, oncle John, le prie Alice. Heureusement, il était assuré. Mais vous ne pensez pas qu'il faudrait prévenir la police ?

— Oui, je vais m'en occuper. Repartez vite vous amuser.

Alice rédige rapidement une brève description du bijou volé, puis elle remonte en voiture avec Ned.

— Eh bien ! lance celui-ci avec un sourire un

peu moqueur. Toi qui aimes l'animation, te voilà servie !

— Oui, reconnaît la jeune fille, je n'en demandais pas tant !

Après le dîner, les étudiants et leurs invitées dansent avec entrain. À minuit, les jeunes filles regagnent enfin le manoir et s'écroulent sur leur lit, où elles s'endorment aussitôt.

Une heure plus tard, pourtant, un léger craquement réveille Alice.

« Tiens, on dirait qu'il y a quelqu'un en bas », songe-t-elle.

En un instant, elle est à la porte de sa chambre. Sans bruit, elle avance sur le palier et jette un regard dans l'escalier. D'abord, elle ne distingue ni n'entend rien. Soudain, une porte grince. Quelques secondes après, dans l'entrée faiblement éclairée par de grandes fenêtres, elle voit une ombre passer et disparaître.

Les pensées se bousculent dans la tête de la jeune détective. Doit-elle réveiller les autres habitants du manoir ? Non, cela risquerait d'alerter l'intrus, qui s'enfuirait alors sur-le-champ. « Il va falloir que je me débrouille seule », conclut-elle. Prudemment, elle descend alors une à une les marches de l'escalier...

chapitre 2

Le naufrage

Parvenue au rez-de-chaussée, Alice s'immobilise. Aucun son ne parvient à ses oreilles. Quelqu'un la guette-t-il dans un recoin de l'entrée ? À cette idée, un frisson lui parcourt le dos. Tout à coup, la jeune fille entend une porte se refermer. À en juger d'après la provenance du bruit, elle déduit que c'est la porte de la cuisine qui donne sur le jardin de derrière. Déjà accoutumée à l'obscurité, elle prend sans hésiter cette direction.

En passant devant une fenêtre, elle entrevoit le parc et la pelouse, éclairés par la lune. Elle promène son regard de gauche à droite sans discerner aucune silhouette humaine. Soudain, elle distingue une petite lumière qui se balance dans la pinède, et la jeune fille se rappelle alors une remarque de Mmc Holman à propos du fantôme...

« Est-ce que c'est lui qui se trouvait dans le manoir ? » s'interroge la détective.

La jeune fille ne croit pas une seconde à l'intervention d'un être surnaturel. Elle se contente d'appeler « fantôme » le mystérieux intrus qui trouble la paix de ses hôtes. Elle domine à grand-peine son envie de sortir et de courir jusqu'au bosquet de pins. Tout en étant très courageuse, elle est suffisamment raisonnable pour savoir qu'il ne sert à rien de se précipiter inutilement au-devant du danger. Après s'être assurée que l'inconnu n'a forcé ni porte ni fenêtre, elle remonte donc se coucher.

Malgré cette interruption dans son sommeil, elle est la première levée le lendemain matin. Elle s'habille en hâte et descend au rez-de-chaussée, où elle se met en quête d'indices laissés par le visiteur nocturne. Le cadenas placé sur la porte de la bibliothèque est toujours bien fermé.

« Il n'a donc pas pu entrer dans cette pièce, conclut-elle. Du moins, pas par là... »

Une autre porte, qui s'ouvre au fond du couloir à gauche de la bibliothèque, attire son attention. La jeune fille fait quelques pas et franchit le seuil d'une ravissante salle à manger, dont les murs sont recouverts de boiseries. Au centre, une grande table en acajou massif et d'élégantes chaises du même bois et tapissées de velours semblent attendre des convives. De très belles porcelaines anciennes ornent le buffet.

Contre le mur séparant la salle à manger de la bibliothèque, se dresse une grande cheminée de briques, surmontée d'une tablette, sur laquelle étincellent des chandeliers en cuivre. De l'autre côté de la pièce, une porte donne accès à l'office qui conduit à la cuisine. Alice y pénètre au moment où Mme Holman arrive par l'autre entrée. En apprenant que le fantôme a effectué une visite au manoir pendant la nuit, elle pâlit.

— C'est terrible ! Quand je pense que le commissaire de police ne veut pas nous croire ! Parfois, j'ai l'impression qu'il me soupçonne d'inventer des histoires juste pour me rendre intéressante...

— Mais non ! Vous vous faites sûrement des idées ! proteste Alice.

Avec un soupir, Mme Holman commence à préparer le petit déjeuner. La jeune fille s'éclipse et retourne dans la salle à manger. S'approchant de la cheminée, elle martèle de ses mains les parois enduites de suie. Elle espère en fait déceler un son creux, qui révélerait l'existence d'un passage secret entre cette pièce et la bibliothèque. À sa grande déception, elle n'obtient rien. Au bout d'une dizaine de minutes, elle renonce.

Quelques instants plus tard, Mme Holman et Alice achèvent de mettre le couvert quand M. Rorick, Bess et Marion entrent gaiement. Le vieil homme porte un élégant costume ; il explique qu'il doit se rendre à une réunion d'anciens camarades d'école, qui se tient à Harmor, une petite ville située à deux cent cinquante kilomètres d'Émerson.

— J'espère qu'à mon retour vous aurez élucidé mon mystère, ajoute-t-il.

— Et moi donc ! renchérit Alice.

Elle raconte alors l'incident survenu au cours de la nuit. Ses amies et M. Rorick l'écoutent, stupéfaits.

— C'était peut-être un simple voleur..., suggère le propriétaire du manoir.

— Je ne crois pas, intervient Mme Holman. J'ai vérifié l'argenterie, il ne manque aucune pièce.

Bess plonge sa cuiller dans une moitié de pamplemousse.

— Je me demande ce qui est le pire : un voleur ou un fantôme ? lâche-t-elle. En tout cas, je leur serais reconnaissante de me laisser en paix.

Cette remarque détend l'atmosphère, et tous terminent leur repas avec entrain. Puis M. Rorick se lève et remet la clef de la bibliothèque à Mme Holman afin que, dans l'intérêt de l'enquête, sa « jeune amie détective » puisse y aller chaque fois qu'elle le souhaitera.

— Merci beaucoup, oncle John, dit celle-ci.

— Avant mon départ, vous aimeriez peut-être que je vous parle de la famille Rorick ? reprend-il.

— Oh ! oui, s'il vous plaît. Après tout, il se peut qu'il existe un rapport entre cette histoire et le fantôme, fait observer Alice.

— Hum ! Je n'y avais pas pensé. Après tout,

pourquoi pas ? Le fantôme s'intéresse peut-être aux cadeaux perdus...

Les jeunes filles, intriguées par cette remarque, tendent avidement l'oreille.

— Quand mon ancêtre George Rorick s'est installé dans la région, commence leur hôte, il avait emmené avec lui son épouse, une jeune aristocrate française. Celle-ci a gardé des liens très forts avec sa famille et, quand sa fille Abigaïl a été sur le point de se marier, ses oncles et cousins français lui ont envoyé un coffre rempli de présents. Malheureusement, le bateau qui l'apportait, la *Lucie Belle,* a sombré dans le fleuve, pas très loin de l'anse des Pionniers, suite à une explosion qui s'est produite dans la salle des machines. Quelques jours plus tôt, Abigaïl avait reçu une lettre d'un de ses oncles accompagnée d'une clef que je conserve en sûreté. Quant à la lettre, mon aïeule l'a accrochée au mur de la bibliothèque, et elle s'y trouve encore. Attendez, je vais la chercher.

Une minute plus tard, il est de retour, tenant une lettre encadrée. Datée de 1840, la missive est rédigée en français. L'écriture a la netteté et l'élégance caractéristiques de cette époque. Les jeunes filles essaient de traduire le texte, mais doivent renoncer, la plupart des termes n'étant plus employés aujourd'hui.

M. Rorick retourne alors le cadre. Collée au dos, il y a une traduction en anglais. L'auteur de la lettre adressait, en son nom et au nom de sa famille, félicitations et vœux de bonheur aux futurs époux. Il annonçait qu'un coffre contenant des présents partait le jour même à bord d'un navire et arriverait à temps pour les noces.

— C'est si beau ! s'enthousiasme Bess, très romantique. En quoi consistaient les cadeaux, oncle John ?

— Il y avait une robe de mariée, un voile en dentelle, un éventail, des escarpins et un cadeau assez particulier...

Alice poursuit la lecture de la lettre. À cette époque, l'oncle d'Abigaïl occupait un poste important à la cour du roi Louis-Philippe. La reine elle-même avait choisi le tissu de la robe, ainsi que le voile. L'éventail, une « splendeur », était un présent de la souveraine.

— Cette parure devait être magnifique ! murmure la lectrice, rêveuse.

— Et le cadeau « particulier » ? Vous avez une idée de ce que c'était ? demande Marion.

— Non, avoue M. Rorick, mais il était certainement d'un grand prix. On raconte que, lorsque la *Lucie Belle* a sombré, presque tous ceux qui étaient à son bord se sont noyés. Mais il paraît que quelques passagers et membres de l'équipage ont survécu. Ils n'ont sans doute pas pu emporter grand-chose ! En fait, on n'a jamais su si le coffre était allé au fond. En ce temps-là, personne ne pouvait plonger assez profondément pour fouiller les épaves. La carcasse du navire a certainement dérivé et doit être enfouie sous deux ou trois mètres de vase.

— Oui, mais qui sait ? Depuis, des plongeurs bien équipés ont très bien pu s'emparer de ce qu'elle contenait de plus précieux, suggère Alice.

M. Rorick a un sourire amusé.

— Gardons les pieds sur terre. L'histoire de la *Lucie Belle* est oubliée.

— Que sont devenus les rescapés, oncle John ? continue la jeune détective.

— Je l'ignore. Mais vous découvrirez peut-être la réponse dans un des nombreux livres qui dorment dans ma bibliothèque et que je ne pense jamais à feuilleter.

— La *Lucie Belle* venait directement de France ? questionne à son tour Bess.

— Non, répond M. Rorick. Le coffre a traversé l'Atlantique à bord d'un bateau à vapeur qui faisait route pour Baltimore, puis il a été transporté par diligence à Pittsburgh avant d'être embarqué sur la *Lucie Belle.* Abigaïl l'a noté dans son journal intime.

Là-dessus, oncle John remporte la lettre dans la bibliothèque, puis va chercher sa valise. Quelques minutes plus tard, il prend congé des jeunes filles.

Dès que sa voiture a disparu, Alice décide de se rendre sur-le-champ dans la bibliothèque, Mme Holman ouvre le cadenas et laisse les trois amies, impatientes, pénétrer dans la pièce. Comme la salle de séjour, cette pièce, tout en longueur, s'étend d'une façade de la maison à l'autre.

— Que de livres ! s'exclame Marion. Il doit y en avoir des milliers.

Les quatre murs sont en effet couverts d'ouvrages alignés sur deux rangs de profondeur. Beaucoup sont très anciens et fragiles. Deux grandes fenêtres situées à chaque extrémité diffusent une lumière agréable. Toutes deux ont un système de fermeture très sûr. La cheminée est la réplique exacte de celle de la salle à manger et se trouve au même niveau du mur qui sépare les deux pièces. Alice se demande de nouveau s'il n'existe pas un passage les reliant. Pourtant, aucune empreinte n'est visible sur les cendres et les morceaux de bois noircis.

« En tout cas, s'il y a une ouverture secrète, songe-t-elle, le fantôme ne l'a pas utilisée. »

Ensuite, elle examine l'ameublement : très simple, celui-ci se compose d'un grand bureau, de plusieurs tapis d'Orient, d'un coffre-fort placé sous la fenêtre de façade, d'un canapé et de trois gros fauteuils en cuir.

— Un endroit idéal pour travailler et réfléchir, juge Marion. Alors, Alice, quand est-ce qu'on commence la chasse au fantôme ?

— Tu n'as qu'à parcourir les livres pour essayer de trouver ce qui l'attire dans cette pièce, propose l'interpellée. Madame Holman, vous pouvez nous dire si quelque chose manque : des statuettes, des pendules de valeur ou des bibelots, par exemple ? Bess, viens m'aider à rouler ces tapis. Il y a peut-être une trappe dessous.

Après avoir tout vérifié, la gouvernante déclare que rien n'a disparu. N'ayant pas décelé de trappe, Alice et Bess remettent les tapis en place. Mme Holman s'apprête à quitter la bibliothèque quand Marion pousse une exclamation de surprise :

— Ça alors ! Devinez sur quoi je viens de tomber !

chapitre 3

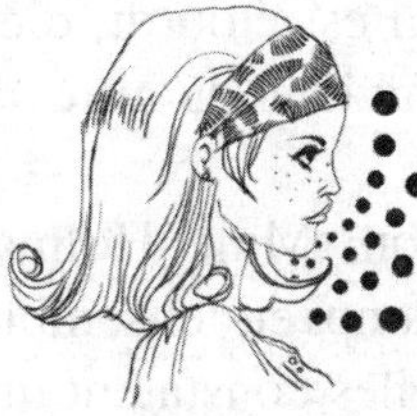

Singuliers portefeuilles !

Mme Holman, Bess et Alice s'empressent de rejoindre Marion, qui brandit un livre ouvert. Elles écarquillent les yeux en voyant plusieurs billets de banque entre les pages.

— C'est incroyable ! s'exclame la gouvernante. Comment tout cet argent est-il venu là ?

La mine perplexe, Marion répond :

— J'avoue que je n'en sais rien. J'ai remarqué que ce livre était posé le titre à l'envers. Machinalement, j'ai voulu le remettre dans le bon sens et voilà ce que j'ai découvert.

Vivement, Mme Holman compte les billets :

— Cent cinquante ! s'écrie-t-elle.

Alice jette un œil sur la page ouverte et s'aperçoit qu'elle porte à droite le chiffre 150. Elle fait observer aux autres cette coïncidence puis referme le livre. Les jeunes filles lisent alors le titre : *Le Rodéo, ses origines.*

Bess se met à rire :

— Je parie que l'oncle John a pensé que c'était un moyen ingénieux de cacher son argent. La première syllabe Ro est la même que la première syllabe de son nom : Rorick. Lui qui est étourdi, c'est sûrement comme ça qu'il se souvient du titre du « livre portefeuille » !

Intéressée par cette supposition, Mme Holman propose de la vérifier sur-le-champ et, ensemble, elles inspectent les rayonnages. Elles constatent que plusieurs livres placés à gauche de la cheminée commencent par les lettres R et O.

— Je suis sûre qu'il les a tous rangés de ce côté, commente Alice.

— Tiens, regarde ! confirme Bess en montrant un ouvrage qu'elle vient de prendre.

Il est intitulé *Robert le Conquérant* et, à la page 200, elles comptent dix billets de vingt dollars. Peu après, Marion trouve un *Robinson Crusoé* et, à la page 50, un billet de cinquante dollars. Qui d'autre que l'oncle John aurait pu inventer cet ingénieux système de coffre-fort ? Alice se demande cependant si le visiteur nocturne n'a pas eu vent de ce stratagème. Et même si l'oncle John ne croit pas qu'on ait touché à son argent, ne s'est-il pas déjà approprié plusieurs billets ?

— Tout ça ne nous explique pas pour autant comment le fantôme s'introduit dans cette pièce, grommelle Mme Holman. Bon, ajoute-t-elle, je vous

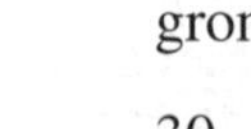

laisse y réfléchir ; il est grand temps que j'aille m'occuper du repassage.

Après son départ, les trois amies continuent leurs recherches et trouvent plusieurs autres livres commençant par la même syllabe. La somme totale des billets qu'ils contiennent s'élève à un chiffre impressionnant.

Bess pousse un soupir.

— On peut dire que c'est une banque originale ! Cela étant, je n'en connais pas beaucoup ; ce n'est pas avec mon argent de poche que je pourrais ouvrir un compte !

— Pas étonnant ! réplique aussitôt sa cousine. Tu le dépenses avant même de le recevoir !

À ce moment, la pendule posée sur la cheminée sonne onze coups.

— Vite, il faut qu'on aille s'habiller, lance Bess. On doit être à midi à Oméga !

— C'est vrai, admet Alice, j'allais oublier. On ne nous attendra pas pour donner le départ de la course d'aviron !

Cet après-midi, en effet, les équipes de rameurs d'Émerson et de Wellbart disputent la finale de la coupe de la saison. Ned est chef de nage d'Émerson. Chaque équipe a remporté six victoires au cours de l'année. La lutte promet d'être serrée...

Soigneusement, la jeune détective ferme le cadenas de la bibliothèque et rend la clef à Mme Holman. Puis les trois amies montent se changer. Elles choisissent des tenues sportives, se coiffent rapidement et partent en cabriolet pour la résidence Oméga, où elles sont accueillies par un groupe de jeunes gens enthousiastes. L'ambiance est très animée et le bruit assourdissant : c'est à qui encouragera le plus fort les représentants d'Émerson. Ned, que les jeunes filles ont retrouvé dans la foule, entraîne Alice à l'écart.

— Si je n'échappe pas à ce vacarme tout de suite, je n'aurai plus aucune énergie pour la course. Allons plutôt déjeuner sous les arbres. Attends-moi une minute, je vais chercher de quoi manger à la cuisine commune.

Un instant plus tard, il revient avec deux assiettes en carton remplies de mets très appétissants et conduit sa compagne sous un haut chêne, à quelque distance de la résidence.

— Tu crois que je peux avaler tout ça sans risquer de faire couler le canot ? demande-t-il en riant.

Alice l'ayant rassuré, il reprend :

— Et sinon, tu as découvert l'identité du voleur fantôme ?

— J'ai failli l'attraper, affirme Alice.

Elle lui raconte alors l'épisode nocturne et lui parle de la *Lucie Belle* et de son trésor disparu au fond de l'eau. Son ami l'écoute avec attention. Elle s'apprête à le mettre au courant des découvertes faites dans la bibliothèque lorsqu'une guêpe atterrit au beau milieu de son assiette. Effrayée, elle fait un brusque mouvement en arrière et aperçoit alors

Fred Braul à demi dissimulé derrière le chêne. Ned le repère lui aussi et lui demande un peu rudement :

— Qu'est-ce que vous fabriquez ici ?

Le visage de Fred s'empourpre et il balbutie :

— Je... je venais voir si vous n'aviez besoin de rien.

— On peut très bien se débrouiller tout seuls. De toute façon, vous êtes censé être de service à la résidence. Vous feriez donc mieux de retourner à votre travail !

Sans un mot, le serveur s'empresse de s'éloigner.

— Il nous espionnait, c'est sûr, conclut Alice. Et j'aimerais bien savoir pourquoi ! Puisqu'il travaille de temps en temps chez M. Rorick, tu ne crois pas qu'il est au courant du mystère ?

— En tout cas, s'il ne l'était pas, maintenant il l'est. Il a dû entendre tout ce qu'on disait. J'espère qu'il n'ira pas colporter l'histoire dans toute la ville.

Sur ces paroles, le jeune homme se lève. Il est temps qu'il aille se préparer pour la course. Tous deux retournent donc à la résidence pour rejoindre l'un son équipe, l'autre ses amies.

— N'oublie pas qu'on a retenu pour vous des places au premier rang, lance-t-il en la quittant. Vous avez intérêt à nous encourager !

Peu après, Alice, Bess, Marion, Bob et Daniel s'installent sur la rive, en contrebas des bâtiments de l'université. Un orchestre d'étudiants entame un air joyeux. Les bannières d'Émerson et de Wellbart se mettent à claquer au vent, brandies par des centaines de mains.

Bess est pâle d'anxiété.

— Quelle idiote je fais, confie-t-elle à Daniel. Les compétitions me mettent les nerfs à vif.

— Pour être honnête, répond le jeune homme, je suis assez tendu moi aussi. L'équipe de Wellbart est très forte.

Quelques minutes plus tard, une voix annonce dans le haut-parleur que le départ est imminent. Alice s'agrippe des deux mains à son siège. Un coup de pistolet déchire l'air et les légères embarcations s'élancent vivement sur l'eau. D'un même élan, les spectateurs se lèvent pour mieux suivre la course. Les deux équipages, muscles tendus, rament en cadence, côte à côte. Enfin, un canot dépasse l'autre de quelques centimètres.

— Non ! gémit Bess, le front rembruni, c'est Wellbart qui mène.

Elle vient à peine de prononcer ces mots que l'équipe d'Émerson rattrape son retard et prend même un peu d'avance.

— Émerson est en tête ! crie Marion, le visage radieux.

Comme les deux embarcations abordent l'anse, l'équipage de Wellbart fait un nouvel effort et enlève une demi-longueur à ses adversaires.

— Allez, Ned ! Vas-y ! hurle Alice.

Le barreur stimulant son équipage, Émerson fonce et gagne un quart de longueur. Alice et ses amies s'époumonent, criant à tue-tête des encouragements à leurs favoris. Les partisans de Wellbart ne ménagent pas non plus leurs efforts pour soutenir les leurs.

— Montrez-leur de quoi vous êtes capables ! tonne un jeune homme en agitant une bannière aux couleurs de Wellbart.

L'instant d'après, les deux canots voguent de nouveau côte à côte. Les clameurs augmentent d'intensité comme la ligne d'arrivée est toute proche. Les deux barreurs accélèrent le rythme et lancent leurs ordres pour le sprint final. Le cœur d'Alice bat à tout rompre. Elle est à bout de souffle et n'a presque plus de voix. Les ongles enfoncés dans ses paumes, elle ne quitte pas Ned des yeux.

— Il faut que tu gagnes, ne cesse-t-elle de murmurer.

Tout à coup, les deux embarcations franchissent la ligne d'un même mouvement. Aussitôt, tous s'écrient :

— Qui a gagné ? Qui a gagné ?

Daniel se penche vers Bess.

— Seule la photo pourra les départager, explique-t-il. Il faut attendre quelques minutes.

Le silence se fait parmi les spectateurs tendus. Dans leurs canots, les sportifs, avirons levés, semblent figés. Enfin, l'arbitre principal s'approche du micro, le sourire aux lèvres.

— Je sais que vous attendez tous les résultats avec impatience. Permettez-moi tout de même de dire que j'ai rarement assisté à une aussi belle course. Je tiens à féliciter tous les concurrents de leur exploit et de leur excellent esprit sportif. Nous avons étudié la photo de l'arrivée et elle montre que la victoire revient à... Émerson !

— Bravo ! Bravo ! hurlent les partisans de l'équipe de Ned.

Les membres de l'équipage de Wellbart, fair-play, joignent leurs acclamations à celles qui s'élèvent de toutes parts. L'équipe victorieuse salue avec les avirons, puis regagne le hangar.

— Quelle lutte, souffle Bess. Je suis épuisée !

Cette remarque lui attire un sourire ironique de sa cousine.

— Plus épuisée que les membres des deux équipes je suppose ! raille-t-elle. Pauvre petite sportive en pantoufles !

Tout en commentant abondamment les diverses phases de la course, les cinq principaux supporters de Ned attendent le chef de nage. Au bout d'une demi-heure, celui-ci arrive et reçoit avec joie les chaleureuses félicitations de ses amis.

— Merci. La course a été rude. J'ai bien cru qu'on allait perdre. Vive la photo-finish ! Sans elle, on n'aurait jamais su qui d'Émerson ou de Wellbart avait gagné.

La première excitation passée, le jeune homme propose à Alice une promenade en canot.

— Avec plaisir ! s'enthousiasme-t-elle.

Ayant pris congé de leurs camarades, les deux

amis se rendent au hangar des bateaux. Ils en choisissent un et le poussent à l'eau. La jeune fille s'apprête à ramer, mais Ned se met à rire :

— Eh ! Je ne suis pas fatigué ! Tu me prends pour une mauviette ? Après cette course, c'est un jeu d'enfant de faire avancer ce canot !

Le jeune homme s'empare donc des rames, traverse la baie et longe le rivage opposé.

— Après t'avoir quittée tout à l'heure, reprend-il, je me suis rappelé un incident qui s'est produit il y a quelques semaines, un jour où j'étais à la bibliothèque de l'université. J'ai remarqué deux hommes debout derrière une rangée de livres, qui discutaient à voix basse et qui, j'en suis sûr, n'appartenaient pas à l'université. À un moment donné, l'un d'eux a parlé du « trésor des Rorick ». À ces mots, j'ai tendu l'oreille mais ils n'ont rien dit d'autre et sont partis. Je ne les ai pas revus depuis.

L'histoire de Ned éveille aussitôt l'intérêt d'Alice.

— C'est bizarre, commente-t-elle. Tu pourrais me les décrire ?

— Non, je ne les ai pas bien vus. En revanche, je me souviens du livre qu'ils consultaient. C'était un ouvrage historique sur les premiers bateaux qui naviguaient sur l'Ohio.

— Ils devaient chercher des renseignements sur la *Lucie Belle,* conclut la jeune fille. Ned, si tu les revois, il faudra que tu découvres leur identité.

— À votre service, mademoiselle la détective ! plaisante le jeune homme.

— Si ces hommes s'imaginent que le coffre de mariage envoyé à Abigaïl Rorick n'a pas sombré avec le navire, mais a été débarqué et enfoui quelque part par les rares survivants, il n'est pas impossible qu'ils espèrent le retrouver, réfléchit à voix haute Alice. Peut-être même croient-ils qu'il a été caché dans les bois qui entourent le manoir. Et s'ils font des fouilles là-bas la nuit, ça expliquerait la lumière que promène le soi-disant fantôme.

— Possible, convient Ned.

— J'aimerais mieux connaître l'histoire de la *Lucie Belle* et de son naufrage.

— Je ne suis pas très calé sur ce sujet, mais je peux te dire ce que j'ai appris sur la région, ça te donnera peut-être un indice intéressant. Si tu acceptes d'écouter une conférence du professeur Nickerson...

— Bien sûr ! répond Alice en souriant.

— Pendant la ruée vers l'or de 1849, les ports de l'Ohio servaient aux prospecteurs. Ils y emmagasinaient leurs provisions, et notamment du sel. Tu savais que le sel était une des plus grandes richesses de la vallée de l'Ohio ? À l'ère préhistorique, il a attiré sur les rives du fleuve non seulement des hommes, mais aussi des mammouths, des élans géants et des buffles.

— Continue, l'invite Alice comme Ned fait mine de s'arrêter.

— Le professeur Nickerson accepte de te raconter encore une histoire et puis ce sera tout.

La jeune fille éclate de rire. Imperturbable, son compagnon poursuit :

— Dans cette région, les Indiens avaient peur que les Blancs ne s'emparent de leur territoire, alors ils ont attaqué et brûlé toutes les colonies de peuplement. L'armée américaine a réussi à mettre un terme à leurs raids en 1794.

Tandis qu'ils parlent, ils descendent la rivière et se retrouvent bientôt tout près de *La Butte aux Pins*. Alice lève les yeux vers la pente qui monte à travers bois jusqu'au manoir. Tout à coup, elle aperçoit un éclat lumineux : celui du soleil reflété par du verre.

— Ned, l'avertit-elle, quelqu'un nous surveille avec des jumelles. Tu le vois, là-haut, entre les arbres ?

Le jeune homme pose les rames et tourne la tête dans la direction indiquée par son amie.

— Tu crois que c'est ton fantôme ?

Alice hausse les épaules et, clignant des yeux, essaie de distinguer qui les épie. À cet instant, tous deux entendent le bruit d'une vedette à moteur, mais ils n'y prêtent pas particulièrement attention. Soudain, ils se rendent compte qu'elle est très proche. Ils se retournent et, horrifiés, voient qu'elle fonce droit sur eux !

Ned plonge les rames dans l'eau et tente une manœuvre désespérée, tandis qu'Alice hurle et fait de grands gestes pour alerter le pilote du bateau. Penché sur la barre, le visage invisible, celui-ci semble ne rien entendre ni ne rien regarder. Une seconde plus tard, il heurte le canot de plein fouet. La légère embarcation jaillit de l'eau et chavire, envoyant ses deux occupants par-dessus bord !

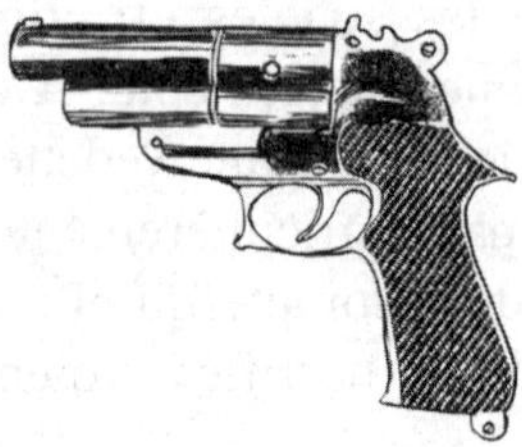

chapitre 4

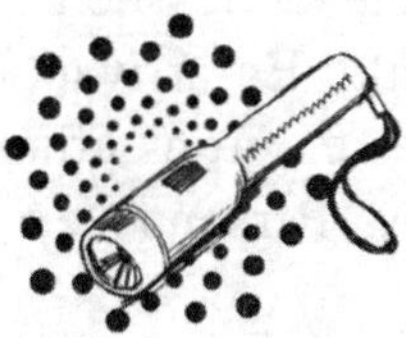

Mystérieuses empreintes

Les deux amis sont projetés hors du bateau et disparaissent dans l'eau pendant quelques secondes. Ils refont surface presque au même moment et, en quatre ou cinq mouvements de brasse, se rejoignent.

— Tu n'es pas blessée ? s'inquiète Ned.

— Non, mais j'ai eu la peur de ma vie ! s'exclame Alice en souriant pour rassurer son compagnon.

Ils nagent vers le canot retourné. Les rames sont brisées, la coque porte une profonde balafre, mais, heureusement, n'est pas percée.

— Quel désastre ! se lamente le jeune homme, très ennuyé.

La rive étant proche, les deux jeunes gens décident de mettre la légère embarcation à sec, puis de se rendre à travers bois au manoir Rorick pour y changer de vêtements.

— Tu crois que le pilote l'a fait exprès ? questionne Ned quand ils ont atteint le sable. Tu l'as vu de face, non ? À quoi est-ce qu'il ressemblait ?

— Je l'ai à peine aperçu. Il ne sait peut-être tout simplement pas conduire une vedette.

Ned hoche la tête, peu convaincu, et les deux amis commencent à escalader la butte. En arrivant aux premiers arbres, ils observent les environs afin de s'assurer qu'on ne les épie plus. Personne en vue.

— C'est de ma faute, regrette Ned, je n'ai pas fait assez attention. J'étais intrigué par la personne qui nous espionnait avec ses jumelles. Quand j'ai entendu la vedette, j'aurais dû m'écarter de sa route.

— Il y a quelque chose que je ne comprends pas, objecte Alice. L'homme qui était à la barre nous a forcément vus, lui !

— Autrement dit, tu es d'accord avec moi, enchaîne son ami. Il nous a délibérément fait chavirer !

Alice esquisse une grimace, mais ne répond pas. L'air est frais sous les pins et le froid commence à transpercer ses vêtements trempés.

— Dépêchons-nous ! finit-elle par lâcher en accélérant l'allure.

Ned lui emboîte le pas et la suit sans plus discuter. Un quart d'heure après, les deux amis sonnent à la porte du manoir. Mme Holman accourt et les considère avec stupeur.

— Mon Dieu ! Dans quel état vous voilà ! Qu'est-ce qui vous est arrivé ?

En quelques mots, Alice la met au courant de l'aventure. La gouvernante prend aussitôt une expression soucieuse.

— Je suis sûre que c'était le fantôme qui vous surveillait du haut de la falaise, et qu'un de ses complices pilotait la vedette ! décrète-t-elle sans hésiter.

— C'est possible..., admet la jeune détective en frissonnant.

Pleine de sollicitude, Mme Holman conseille à Alice de se faire couler un bain chaud puis de passer des vêtements secs. Pendant ce temps, elle s'occupera de Ned.

— Venez avec moi, ordonne-t-elle. Je vais vous prêter des vêtements de M. Rorick.

Alors qu'elle s'apprête à monter à la salle de bains, Alice se retourne :

— Madame, est-ce qu'il y aurait des rames ici ?

— Il y en a plusieurs dans la cave. Vous n'aurez que l'embarras du choix, répond la gouvernante.

— Dans ce cas, tu pourras ramener le canot au hangar, Ned, et je te raccompagnerai jusqu'au rivage, décide la jeune fille. J'aimerais voir si la personne qui nous guettait a laissé des traces.

Quelques instants plus tard, les deux jeunes gens sont prêts. Alice a enfilé un pantalon et un tee-shirt. Ellc sc rcticnt pour nc pas éclatcr dc rirc à la vuc de Ned. M. Rorick a en effet une prédilection pour les vêtements voyants...

Après avoir récupéré une paire de rames à la cave et vivement remercié Mme Holman, tous deux retournent à la rivière. À pas lents, les deux amis traversent en sens inverse la pinède, attentifs à la moindre empreinte ou à tout signe qui indiquerait que quelqu'un est passé par là. Malheureusement, leurs recherches restent vaines.

— Si c'est un fantôme qui hante ces lieux, il a des ailes, conclut Ned comme ils arrivent au canot. Quoi qu'il en soit, fais bien attention en rentrant au manoir. Et à ce soir ! On viendra vous chercher toutes les trois vers dix-neuf heures avec Bob et Daniel.

Après avoir suivi Ned des yeux un moment tandis qu'il s'éloigne à coups de rames réguliers, la jeune détective se met à examiner le sable.

« Voyons, réfléchit-elle, la personne qui nous épiait devait se tenir près de ces bouleaux. »

De la rivière, elle a en effet remarqué un bouquet d'arbres au tronc argenté proche des pins. Elle se rend donc à cet endroit et repère très vite des empreintes de pas. Constatant le court espace qui sépare les traces laissées par des chaussures d'homme assez petites, elle en déduit que l'espion est un homme de taille moyenne. La jeune détective suit les empreintes qui longent le sommet de l'escarpement puis s'enfoncent soudain dans des buissons épais et descendent jusqu'au fleuve. Alice devine que l'homme s'est tapi dans ce taillis et a attendu que Ned et elle soient à bonne distance pour en sortir.

« Si les traces s'arrêtent là, c'est que quelqu'un a dû venir le chercher en bateau, songe la jeune fille. À moins qu'il n'en ait caché un dans les buissons... Si on n'avait pas pris un bain forcé, on l'aurait sûrement vu. »

S'apercevant que l'heure avance et que les ombres commencent à s'allonger, la jeune fille décide de rebrousser chemin. Mais, brusquement, elle s'arrête net. Semblant venir de nulle part, un petit papier blanc volette vers elle. Comme il atterrit à ses pieds, elle lève les yeux vers la cime des hauts pins. Elle ne distingue rien, ni homme ni même oiseaux ou écureuils.

— Je vais finir par croire moi aussi qu'un fantôme hante ces bois..., murmure-t-elle en se baissant pour ramasser le papier.

Alors qu'elle le déplie, ses yeux s'écarquillent de stupeur : deux grandes marques noires s'étalent dessus, les empreintes de deux pouces !

Pendant quelques secondes, Alice ne peut bouger. Et si elle avait réellement affaire à un être surnaturel ? Très vite, pourtant, elle se secoue. « Non, c'est impossible ! se raisonne-t-elle. Il y a forcément une explication rationnelle. Avant tout, il me faut élucider plusieurs points : qui a mis ses empreintes sur ce papier ? Le pseudo-fantôme ? Et pourquoi ? Enfin, comment le papier est-il venu à moi ? »

La jeune détective tire un mouchoir de sa poche et, soigneusement, enveloppe le papier. Ensuite, elle reprend le chemin du manoir, sa découverte à la main et la tête pleine de questions. Dans la pinède, le silence règne.

Quand elle arrive enfin, Bess et Marion se trouvent dans la cuisine en compagnie de Mme Holman. La gouvernante est en train de leur apprendre la mésaventure dont Ned et Alice ont été victimes.

— Bonsoir, mademoiselle Catastrophe ! l'apostrophe gaiement Marion. Décidément, il suffit que tu t'éloignes de nous pendant deux heures pour faire des tiennes !

Alice éclate de rire.

— Attends de voir ce que j'ai à te montrer. Tu te moqueras de moi après.

Elle dénoue son mouchoir. Bess pousse un cri à la vue des marques noires.

— Quelle horreur ! Ça me donne la chair de poule ! Mais où est-ce que tu as pêché ce papier ? Dans le fleuve ? Ah ! non, c'est vrai, il serait mouillé.

— Tu n'es vraiment pas terrible dans le rôle de détective adjointe, plaisante sa cousine.

Alice leur raconte alors le peu qu'elle sait.

— C'est un mauvais présage, soupire Mme Holman. Moi, je ne peux plus continuer à vivre ici. Ce fantôme me rend folle.

La jeune détective lui entoure gentiment les épaules du bras.

— Ne vous inquiétez pas, madame Holman. On tirera toute cette histoire au clair. Je vous le promets.

— Vous êtes gentille. Je vais essayer de me calmer, mais soyez prudente.

Marion l'assure que Bess et elle veilleront sur Alice et l'empêcheront de commettre des imprudences.

— Et maintenant, venez, les filles, lance cette dernière. Il est grand temps de s'habiller si on ne veut pas faire attendre nos beaux cavaliers !

— On doit mettre nos robes de soirée, leur rappelle Bess. Daniel m'a dit qu'ils avaient décoré le gymnase et que l'orchestre serait excellent.

Bess choisit une robe rose vaporeuse, Marion opte pour une tenue en soie vert émeraude, de forme très simple ; la robe d'Alice est en coton jaune ornée de broderies blanches. C'est la première fois qu'elle la porte et elle espère que Ned la trouvera à son goût. Comme à son habitude, la jeune détective est prête avant ses amies. Elle passe la tête dans l'entrebâillement de leur porte et leur lance :

— Je descends. En vous attendant, je vais continuer mes recherches.

Comme elle arrive dans l'entrée, elle voit Fred Braul la traverser et pénétrer dans le salon. Il la regarde avec un mélange de surprise et d'admiration.

— Mademoiselle..., vous êtes... vous êtes ravissante.

Disant ces mots, il laisse tomber sur le dallage le vase qu'il porte : celui-ci se brise en mille morceaux !

— Regardez ce que vous me faites faire ! déplore-t-il.

Alice réprime un sourire et se borne à répondre :

— Je suis désolée.

Juste à ce moment, Mme Holman sort de la cuisine et découvre le désastre.

— Oh ! Fred, le gronde-t-elle. C'était le vase préféré de M. Rorick !

— Ce n'est pas ma faute, bredouille Fred. Il m'a échappé des mains.

— Ne restez pas planté là avec cet air ahuri ! s'impatiente la gouvernante. Allez chercher un balai et nettoyez tout ça !

Mme Holman fait signe à Alice de la suivre dans la salle à manger.

— Ne prêtez pas attention à Fred, dit-elle. Il est d'une maladresse incroyable. Je le garde seulement parce qu'il est d'une honnêteté à toute épreuve.

Se rappelant l'avoir surpris en train de les espionner, Ned et elle, Alice demande :

— Il est au courant de l'histoire du fantôme ?

— Non, affirme Mme Holman sans hésiter. S'il

la connaissait, il ne voudrait plus travailler ici. Un rien l'effraie.

Là-dessus, Alice avertit la gouvernante qu'elle va entamer de nouvelles recherches. Mais comme Fred apparaît sur le seuil pour annoncer qu'il a balayé les débris et essuyé le sol, la jeune fille attend qu'il soit parti pour examiner le mur autour de la porte ouvrant sur la bibliothèque. Celui-ci cacherait-il une entrée secrète ?

chapitre 5

Une garde mouvementée

Tandis qu'Alice sonde chaque panneau de la boiserie, Mme Holman s'approche d'elle.

— C'est la première fois que je vois un détective à l'œuvre. Vous voulez bien m'expliquer comment vous vous y prenez ?

La jeune fille pose alors la tête contre le bois et y donne un léger coup, l'articulation de son index lui servant de marteau. Après avoir « écouté » la résonance des panneaux, elle soupire.

— Zut ! Ces murs sont pleins. Je suis désolée, je ne vais pas pouvoir vous faire ma petite démonstration.

Pensant qu'il est temps de partir pour la résidence Oméga, elle regarde sa montre. Comme il n'est pas aussi tard qu'elle le croyait, elle décide de mettre à profit les minutes qui lui restent pour poursuivre ses investigations.

— Madame Holman, vous pourriez ouvrir la porte de la bibliothèque ? demande-t-elle. J'aimerais vérifier les parois de l'autre côté.

Aussitôt, la gouvernante va chercher la clef que lui a confiée M. Rorick et ouvre le cadenas. En pénétrant dans la pièce, elle regarde autour d'elle avec inquiétude, puis se rassure : tout semble en ordre.

— Voyons si je vais réussir à vous montrer ce que je cherche, chuchote Alice, concentrée.

Au bout de quelques minutes de travail, elle prend un air dépité : pas le moindre panneau creux. Soudain, sans raison précise, la jeune fille va chercher le livre intitulé : *Le Rodéo, ses origines.* Elle l'ouvre et reste abasourdie : *Il n'y a plus que cent quarante dollars au lieu de cent cinquante. De plus, les billets ont été déplacés et mis à la page 140 !*

Une pensée surgit alors dans l'esprit d'Alice, la plongeant dans un grand trouble. La seule personne qui possède la clef du cadenas n'est-elle pas Mme Holman elle-même ? Et si celle-ci avait inventé toute cette histoire rocambolesque dans le but de dissimuler ses vols ?

« Non, c'est impossible ! songe la jeune détective, qui ne peut se résoudre à soupçonner la gouvernante. Mais c'est pour M. Rorick que j'essaie d'élucider ce mystère et je n'ai pas le droit de laisser un indice de côté. Je n'ai donc pas le choix : il faut que je mette Mme Holman à l'épreuve. »

Elle sort de la bibliothèque, suivie par la gouvernante, qui referme le cadenas derrière elles.

— J'ai une faveur à vous demander, annonce la jeune fille.

— Je vous écoute.

— Est-ce que vous pourriez me confier cette clef jusqu'à demain ? En rentrant ce soir, je me cacherai dans la bibliothèque et j'attendrai le fantôme.

— Vous êtes sûre que ce n'est pas trop dangereux ?

— Il ne me verra pas.

— Un fantôme voit tout. Enfin... si vous y tenez, la voici.

Mme Holman hausse les épaules avec une sorte de fatalisme résigné et ajoute :

— Bonne chance quand même. Je serais tellement contente que le manoir soit à jamais débarrassé de ce fantôme !

Alice lui sourit et remonte dans sa chambre pour cacher la clef.

« Ce soir, dès notre retour, se dit-elle, je chercherai tous les livres qui peuvent contenir de l'argent. Si dans ceux qu'on a déjà feuilletés, il manque des billets, ou si je m'aperçois que quelqu'un s'est introduit dans la bibliothèque pendant la soirée, ça lavera Mme Holman de tout soupçon. À moins, bien sûr, qu'elle n'ait un double de la clé... »

À cet instant, la sonnerie du téléphone rompt le silence. La jeune détective s'immobilise une seconde sur les marches de l'escalier tandis que la gouvernante va répondre :

— Oh non... D'accord...., l'entend murmurer Alice. J'arrive tout de suite.

Comme Mme Holman raccroche, la jeune fille se penche par-dessus la rambarde et s'enquiert :

— Qu'est-ce qu'il se passe ?

— Ma nièce Jill Ball a eu un accident de voiture. On l'a transportée à l'hôpital. Son mari me demande de garder les enfants. Vous pourrez rester seules toutes les trois ici malgré le fantôme ?

Alice s'empresse de la rassurer : ses amies et elle sont de taille à lutter contre qui que ce soit, être humain ou surnaturel. La gouvernante fait à nouveau promettre à la jeune fille d'être prudente, lui remet la clef de la porte d'entrée et, quelques minutes plus tard, s'éloigne dans sa voiture.

Sur ces entrefaites, Bess et Marion descendent, très élégantes dans leurs robes du soir. Alice a à peine le temps de les informer du départ précipité de Mme Holman que leurs compagnons arrivent pour les emmener au gymnase, où a lieu la soirée. En y entrant, Bess ouvre la bouche de surprise.

— Que c'est bien décoré ! s'exclame-t-elle. Je n'aurais jamais cru que des garçons pouvaient avoir autant de goût !

Les intéressés font mine d'être très vexés et Bob proteste :

— Depuis quand l'art-il est le domaine réservé des filles ?

Trapèze, barres et autres appareils ont été dissimulés par des guirlandes de fleurs savamment disposées. Au centre, un parquet bien ciré attend les danseurs. Tout autour, les tables sont ornées de jolis bouquets.

— Vous vous êtes surpassés ! renchérit Alice.

Les jeunes gens s'inclinent en riant.

— Ce n'est pas une réussite, c'est un exploit ! affirme Ned.

Les jeunes filles éclatent de rire, mais un roulement de tambour ouvre le bal avant qu'elles aient pu répondre. Tout en admirant les couples de danseurs, les étudiants et leurs invitées savourent un délicieux dîner. Rires et plaisanteries résonnent dans la vaste salle.

— Ça suffit ! lâche Bess, à bout de souffle. Que personne ne dise plus un mot. J'ai tellement ri que j'en ai mal au ventre !

Prenant un air faussement apitoyé, Daniel lui propose, sans succès d'ailleurs, de raconter des histoires tristes. Mais la jeune fille préfère danser. Profitant d'un slow, Alice, de son côté, met Ned au courant de ses recherches dans la bibliothèque et de la disparition d'un des billets de banque. Elle lui fait ensuite part de ses doutes concernant l'honnêteté de la gouvernante de M. Rorick.

— Non, Alice ! la contredit vivement le jeune homme. Je ne peux pas croire que Mme Holman soit coupable. Elle est au-dessus de tout soupçon.

— Oui, au fond de moi, j'en suis convaincue,

mais je dois quand même m'en assurer. Rien ne nous prouve que ce n'est pas un complice qui lui a téléphoné ce soir, pour détourner notre attention.

La jeune fille lui explique alors qu'elle compte veiller jusqu'à l'aube, dans la bibliothèque, à l'affût d'un éventuel voleur. Ned paraît inquiet.

— Je ne veux pas que tu restes seule. C'est trop risqué. Je vais venir monter la garde avec toi. Si le fantôme se montre, je lui ferai une prise de judo dont il se souviendra !

La jeune détective hésite avant de répondre :

— Bess et Marion seront peut-être vexées si je ne fais pas appel à elles.

— Ne t'inquiète pas, je vais leur parler.

Comme l'orchestre fait une pause, les deux amis regagnent leur table et le jeune homme avertit Bess et Marion de ses intentions.

— Excellente idée ! approuve chaudement Bess. Je serai plus tranquille s'il y a un homme dans la maison. Et, de toute façon, je n'ai pas la moindre envie de veiller cette nuit. Je suis épuisée !

Marion se déclare également en faveur de ce plan. Alice croit cependant déceler une lueur malicieuse dans son regard.

« Hum ! hum ! je ferai bien de me tenir sur mes gardes, se dit-elle. Je parie que Marion me prépare un de ces tours dont elle a le secret... »

Il est près d'une heure du matin lorsque le bal se termine. Les six jeunes gens prennent le chemin du manoir Rorick. À leur arrivée, Bess propose à ses amis de boire et de manger quelque chose et, en un rien de temps, elle a préparé une omelette, des tartines et du chocolat au lait. Quand tous se sont restaurés, Daniel se met à bâiller.

— Je tombe de sommeil. Il n'y a pas de canapé dans cette vieille maison ?

— Je crains que non, réplique vivement Marion. Mais il y a toujours le parquet. On vous l'offre gratuitement !

— Trop aimable, grommelle Bob. Puisque c'est comme ça, je vous laisse faire la vaisselle. Bonne nuit !

Et, suivi de Daniel, il part d'un pas digne sous les rires de Ned et des trois jeunes filles. Ceux-ci rangent rapidement la cuisine, puis Bess et Marion montent se coucher. Restés seuls dans la grande maison, Alice ouvre le cadenas et entre avec Ned dans la bibliothèque. Avant d'allumer la lumière, elle tire les rideaux afin que personne ne puisse les voir de l'extérieur. Ensuite, elle appuie sur l'interrupteur et prend sur un rayon le livre intitulé *Le Rodéo, ses origines*. À son vif soulagement, les cent quarante dollars se trouvent encore à la page 140. Mais, en ouvrant *Robert le Conquérant*, elle constate qu'un billet de vingt dollars manque et que les billets restants ont été replacés vingt pages en arrière ! La jeune détective continue ses investigations et s'aperçoit que, dans chacun des ouvrages qu'elle a inspectés précédemment, des billets ont été prélevés et que les billets restants ont été remis à la page qui correspond à leur somme totale.

— Le fantôme a refait des siennes ici ! commente Alice.

Ned fronce les sourcils.

— Il faudrait enlever tout cet argent et le déposer dans une banque. Il n'est pas en sûreté ici. M. Rorick n'a pas un coffre-fort où le cacher en attendant ?

— Si, répond la jeune fille. Il est sous cette fenêtre, justement. Malheureusement, c'est lui qui en a la clé et, en son absence, nous ne pouvons pas l'ouvrir.

— Je ne comprends vraiment pas pourquoi il n'a pas rangé son argent dedans, s'étonne Ned.

— Il a dû penser qu'il ne viendrait jamais à l'idée d'un voleur de le chercher là... Et je donnerais cher, justement, pour savoir comment le voleur a percé ce stratagème.

— Tu as une idée de son identité ? Apparemment, ce n'est pas Mme Holman.

— Probablement pas. Je vais quand même appeler l'hôpital pour vérifier ce qu'elle m'a dit.

Au téléphone, l'infirmière de garde lui confirme que Jill Ball a bien été victime d'un accident et que son mari est à son chevet. Elle se montre rassurante sur l'état de la blessée et ajoute même que les enfants ont été pris en charge par une de leurs tantes.

— Voilà qui met Mme Holman tout à fait hors

de cause, conclut Alice après avoir résumé à Ned sa conversation avec l'infirmière. Tant mieux, je n'arrivais pas à croire qu'elle puisse être notre voleur fantôme ! Mais on n'est pas plus avancés. Qui peut-il bien être ?

— En tout cas, ça ne sert à rien de continuer à veiller, affirme le jeune homme. S'il est déjà passé, ça m'étonnerait qu'il revienne ce soir.

Pour plus de précaution cependant, les deux jeunes gens réunissent tous les billets qu'ils parviennent à trouver dans les livres, les comptent un à un et en notent le montant sur une feuille de papier.

— Tu vas te moquer de moi, murmure soudain Ned, mais je me demande si oncle John est aussi étourdi qu'il le prétend.

— Qu'est-ce que tu veux dire ?

— Est-ce qu'il ne s'amuserait pas à vos dépens ? Il doit sûrement posséder un double de la clef ouvrant le cadenas...

La remarque surprend la jeune détective.

— L'oncle John ! Comment peux-tu penser ça ? Il n'avait jamais entendu parler de nous avant que tu le pries de nous accueillir. Pourtant, d'après Mme Holman, ça fait plus de quinze jours que les incidents mystérieux se produisent.

— Il fait peut-être ça pour terroriser sa gouvernante ?

Alice se rembrunit.

— Il y a un moyen très simple de savoir s'il est

revenu en catimini pour jouer au fantôme. Demain matin, je trouverai un prétexte pour lui téléphoner là où il est censé être.

Là-dessus, la jeune fille prie Ned de mettre les billets dans les poches de son veston. Puis elle éteint les lampes, ouvre les rideaux et, tout à coup, pousse un cri :

— La lumière ! Regarde ! Là-bas, dans la pinède !

À son tour, Ned aperçoit une petite lueur qui se déplace entre les arbres.

— C'est notre fantôme !

— Vite ! Allons-y ! s'écrie Alice.

Alors qu'ils courent vers la porte, ils entendent un faible gémissement.

— Écarte-toi ! ordonne Ned à la jeune fille.

Il pousse brusquement la porte et fait un pas dans l'entrée. Aussitôt, un capuchon lui emprisonne la tête et il s'écroule...

chapitre 6

La vengeance du fantôme

En entendant le cri étouffé poussé par le pauvre Ned, Alice se précipite dans l'entrée, qui n'est que faiblement éclairée par une lampe du premier étage. Elle ne voit personne d'autre que son ami se débattant pour libérer sa tête du capuchon. Vivement, elle le lui enlève et va allumer la lumière principale. Elle découvre alors ce qu'elle tient à la main : une taie d'oreiller ! Elle revient auprès de son compagnon qui, déjà debout, fouille ses poches avec inquiétude. Heureusement, les liasses de billets y sont encore.

— Ou mon agresseur n'avait pas l'intention de me voler ou il n'en a pas eu le temps. Tu as été plus rapide que l'éclair !

La jeune détective inspecte le sol à la recherche d'un indice. Très vite, elle se baisse et ramasse un petit ruban de soie bleu pâle. Elle l'apporte à Ned en riant.

— Ça vient de la robe de Bess. Ce n'est pas notre fantôme, mais elle et Marion qui nous ont joué un tour !

Remis de leur frayeur, les deux amis partent à la recherche des deux coupables, qui se sont réfugiées dans la salle à manger.

— Vous ne perdez rien pour attendre ! menace Ned, un sourire moqueur au coin des lèvres. Ma vengeance sera terrible !

Avant de refermer à clef la porte de la bibliothèque, Alice va jeter un dernier coup d'œil par la fenêtre qui donne sur la façade arrière. Aucune lumière ne trouble plus l'obscurité des bois.

— C'est ce que je craignais, déplore-t-elle. Bravo, les filles ! Vous venez de nous faire perdre une belle opportunité de courir après le fantôme !

Devant la mine penaude de ses amies, la jeune fille n'insiste pas. Après tout, une autre occasion ne tardera certainement pas à se présenter. Ensemble, les quatre jeunes gens montent au premier et Ned s'installe dans la chambre de M. Rorick.

— Bonsoir, dit-il. Vous dormirez sûrement encore quand je partirai demain matin. Je participe au défilé et il faut que j'arrive tôt. Tiens, Alice, prends ça. Je préfère que tu gardes cet argent. Tu devrais demander à M. Rorick ou à Mme Holman de te laisser le mettre en sûreté hors du manoir.

— Je m'en occuperai dès mon réveil, promet-elle.

Le lendemain, quand les jeunes filles descendent à la cuisine, elles trouvent Mme Holman déjà de retour et en train de préparer le petit déjeuner. Elle leur apprend que sa nièce est hors de danger et que sa sœur, la mère de la jeune femme, est arrivée au cours de la nuit pour s'occuper des enfants.

— Je suis heureuse que Mme Ball aille mieux, avance gentiment Alice.

Elle met ensuite la gouvernante au courant de la disparition d'un certain nombre de billets de banque placés dans les livres. Celle-ci prend un air soucieux.

— Je serais plus tranquille si la somme restante était en sécurité dans le coffre d'une banque, déclare-t-elle.

— Vous ne pourriez pas appeler M. Rorick pour lui demander ce qu'il en pense ? propose Alice, saisissant au vol l'opportunité de joindre leur hôte.

— C'est une excellente idée, approuve Mme Holman. Je vais lui téléphoner et vous lui en parlerez vous-même.

Elle se dirige immédiatement vers l'appareil placé dans l'entrée, compose le numéro et passe le combiné à la jeune fille. Sur un ton enjoué, celle-ci questionne d'abord l'oncle John sur sa réunion de la veille. Sans se faire prier, il se lance dans un long récit et raconte qu'il a retrouvé avec grande joie ses anciens camarades de collège et qu'ensemble ils ont évoqué gaiement leurs souvenirs de jeunesse.

Ces propos rassurent complètement Alice. M. Rorick s'est bien rendu là où il l'avait dit, ce n'est donc pas lui qui s'amuse à jouer au fantôme. Quand elle peut enfin placer un mot, elle l'informe du vol.

— Il faut que vous attrapiez ce cambrioleur fantôme, implore M. Rorick. Cette histoire commence sérieusement à m'inquiéter.

— Je vais faire de mon mieux, mais j'ai peur que ça prenne un peu de temps. Pour l'instant, est-ce que je peux déposer l'argent dans une banque ?

— Oui, vous avez raison, c'est ce que j'aurais dû faire depuis longtemps. Mais, en attendant mon retour, confiez-le de ma part au comptable de l'université. Il a un solide coffre-fort.

— Comme vous voulez. J'y vais de ce pas, promet son interlocutrice.

Accompagnée de ses amies, elle monte dans son cabriolet et, vingt minutes plus tard, pénètre dans le bâtiment réservé à l'administration de l'université. Le comptable est un homme charmant, grand ami de M. Rorick.

— Je vais mettre ces billets dans un dossier au nom de John, assure-t-il, et je le placerai dans notre coffre-fort.

Alice le remercie et quitte le bureau.

— Allons faire un tour à la bibliothèque, propose-t-elle à Bess et à Marion, qui l'attendent dehors. J'aimerais faire quelques recherches sur la

Lucie Belle et, si possible, retrouver le livre qui intéressait tant les hommes dont m'a parlé Ned.

Les trois jeunes filles sont venues plusieurs fois à Émerson, aussi c'est sans la moindre hésitation qu'elles se dirigent vers la vaste bibliothèque. Le fonds de celle-ci est très important et le bibliothécaire en chef, M. Beecher, connaît ses richesses à merveille. Lorsque la jeune détective lui explique sa requête, il sourit.

— Vous ne trouverez pas grand-chose ici, affirme-t-il. Allez plutôt voir Mme Palmer : personne ne connaît l'histoire d'Émerson et de sa rivière mieux qu'elle. Elle n'habite pas loin du campus et vous accueillera à bras ouverts.

Il écrit son adresse sur une feuille de papier et la tend aux trois amies, qui s'y rendent aussitôt. Mme Palmer est une délicieuse vieille dame de quatre-vingts ans. Petite, les cheveux blancs relevés en un gracieux chignon, le teint clair, elle est très vive d'esprit. Après s'être présentée avec ses amies, Alice expose l'objet de leur visite.

— Entrez, je vous en prie, les invite aimablement la vieille dame.

Une fois les jeunes filles installées dans son salon meublé à l'ancienne mode, mais avec un goût raffiné, Mme Palmer commence d'une voix frêle et chantante :

— Oui, je me rappelle cette tragique histoire de la *Lucie Belle* et il m'arrive souvent de rêver à cette somptueuse robe de mariée et à ces autres cadeaux somptueux, enfouis sous la vase, au fond du fleuve.

— Est-ce que par hasard vous sauriez ce que le navire transportait ? interroge la jeune détective.

— Il y a eu beaucoup de rumeurs à ce sujet. Apparemment, il y aurait eu deux choses particulièrement précieuses à bord : le coffre destiné aux Rorick et plusieurs autres contenant des pièces d'or à destination de la banque d'Émerson. Il paraît que les autorités locales de l'époque ont tenté l'impossible pour les arracher au fleuve, mais qu'on n'a rien retrouvé. Ce qui est sûr, c'est que les pièces ne sont jamais parvenues à la banque.

Ces renseignements intéressent beaucoup les jeunes filles. La *Lucie Belle* a donc coulé avec un véritable trésor dans ses cales !

— Combien d'argent a disparu dans le naufrage ? veut savoir Marion.

— Je l'ignore, avoue Mme Palmer. La somme était considérable, c'est tout ce que je peux vous dire. Certains prétendent que des membres de l'équipage ont provoqué une explosion, qu'ils ont volé les pièces d'or puis qu'ils se sont enfuis à bord d'un canot de sauvetage.

— On connaît le nom de ces matelots ? intervient Bess.

— Non, non, je ne crois pas. Du moins, je ne m'en souviens pas.

Comme la vieille dame paraît fatiguée, Alice décide de ne pas prolonger l'entretien. Elle se lève et remercie Mme Palmer de son amabilité. Celle-ci proteste gentiment :

— C'est moi qui ai été contente de vous recevoir. Il y a longtemps que ces histoires n'intéressent plus personne et ça a été un plaisir d'en discuter avec vous. Revenez me voir, je vous raconterai les incursions des Indiens dans l'ancienne colonie de peuplement qui est devenue l'université d'Émerson. La vieille ville a été plusieurs fois pillée, ravagée, incendiée, mais les habitants y sont toujours revenus.

— Il reste beaucoup d'anciennes familles ? demande Alice.

— Non, malheureusement. M. Rorick et moi faisons partie des rares descendants des premiers colons. Nous avons aidé à construire l'université, ajoute-t-elle fièrement. Bien sûr, ça a changé notre ville. Pourtant, nous ne le regrettons pas.

— Et nous vous en sommes reconnaissantes, conclut Bess avec un sourire. Grâce à vous, nous passons une semaine merveilleuse ici et nous ne manquons pas une seule fête. Vous assisterez au défilé du cortège historique, cet après-midi ?

— Oui, affirme Mme Palmer. Une amie viendra me chercher.

En sortant de chez l'aimable vieille dame, les trois jeunes filles rentrent directement au manoir. Alice propose à Bess et Marion de l'aider à chercher d'autres informations sur la *Lucie Belle* dans la bibliothèque de Mr. Rorick.

— Pas avant de déjeuner, déclare fermement Bess. Je meurs de faim.

— Pour changer ! plaisante Marion. Tu oublies ton fameux régime ?

Sa cousine paraît vexée :

— Comment oses-tu dire ça ? J'ai perdu deux kilos, je te le rappelle !

— Et tu vas les regagner en moins de deux si tu continues à dévorer comme tu le fais depuis qu'on est arrivées ici ! repartit l'implacable Marion.

Alice met fin à l'escarmouche en poussant les deux cousines dans la salle à manger. Quand elles ont achevé leur repas, Mme Holman les accompagne jusqu'à la bibliothèque. Alors qu'elle ouvre la porte, la gouvernante s'arrête net, pétrifiée. Les trois amies s'avancent et découvrent un affreux spectacle... La pièce a été saccagée : des livres et des revues jonchent le parquet, la plupart déchirés ou froissés.

— Quelqu'un est à nouveau entré ! gémit Mme Holman.

Les tiroirs sont grands ouverts, les étagères, vides, leur contenu éparpillé au sol.

— C'est le fantôme ! s'écrie la gouvernante, terrorisée. Mais pourquoi ? Pourquoi est-ce qu'il s'en prend à nous ?

Marion donne la réponse qui lui vient à l'esprit :

— Comme il n'a plus trouvé d'argent, il a voulu se venger...

Le silence règne quelques secondes. Soudain, Alice le rompt :

— Il y a peut-être une autre raison...

chapitre 7

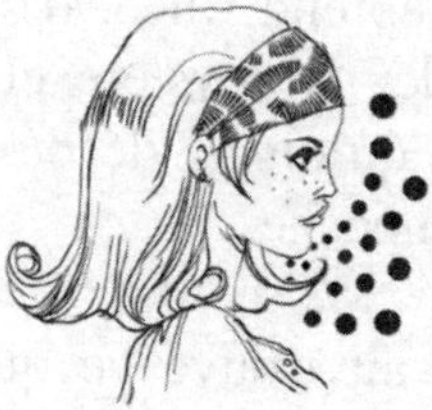

Nouvelles précautions

Debout au milieu de la pièce en désordre Mme Holman, Bess et Marion attendent qu'Alice développe son idée.

— Si le fantôme ne s'était intéressé qu'à l'argent, il l'aurait pris tout de suite, vous ne croyez pas ?

— C'est plausible, concède la gouvernante.

— Puisqu'à chaque fois, il n'a emporté que de petites sommes, enchaîne la jeune détective, c'est sûrement pour ne pas éveiller les soupçons.

Marion poursuit le raisonnement d'Alice :

— Tu veux dire que l'oncle John, même s'il se servait du numéro de page comme aide-mémoire, n'était pas sûr de la somme exacte qu'il avait laissée dans chaque livre ?

— Exactement. Rappelez-vous, il n'était pas certain qu'on ait touché à son argent et c'est pour cette raison qu'il n'a pas prévenu la police.

— Tout ça ne nous explique pas pour autant pourquoi le voleur a saccagé cette pièce, intervient Bess.

— Il cherche certainement quelque chose de plus important que des billets, reprend Alice. Il sait peut-être qu'on essaie d'élucider le mystère et il tente d'atteindre son but avant qu'on ne découvre ce que c'est et qu'on ne l'en empêche.

Bess pousse un soupir.

— J'aimerais presque qu'il ait trouvé ce qu'il veut et ne revienne plus jamais !

— Et moi donc ! renchérit Mme Holman.

Les jeunes filles commencent à rassembler les papiers et les livres épars et les examinent avec soin, dans l'espoir de relever un indice qui les mettrait sur la bonne piste. Tout à coup, Bess aperçoit un bout de papier coincé sous le bureau. Elle se baisse et le ramasse. Ses yeux s'agrandissent brusquement de peur et elle bredouille :

— J'ai..., euh... non !

Ses deux amies s'approchent et voient avec stupéfaction deux larges empreintes de pouce sur le papier ! Alice sursaute. Les traces ressemblent à s'y méprendre à celles du papier qui a voltigé vers elle dans la pinède !

— Je vais chercher l'autre papier, crie-t-elle en sortant précipitamment.

Quand elle revient, elle compare les deux séries d'empreintes à l'aide d'une loupe, posée sur le bureau de M. Rorick. Elles sont identiques !

— Il n'y a pas une minute à perdre, annonce-t-elle. Je cours au commissariat. Pendant ce temps, continuez à ranger et ne laissez échapper aucun indice !

Elle saute dans son cabriolet et se retrouve, dix minutes plus tard, au commissariat de police d'Émerson. Le commissaire est un homme assez sec. Il écoute cependant avec le plus grand sérieux le récit que lui fait la jeune fille et regarde attentivement les papiers portant les empreintes. Quand elle se tait, il s'est radouci :

— Je dois vous avouer, confesse-t-il, que je ne m'étais pas vraiment préoccupé des histoires de Mme Holman. Pour ce qui est du vol de votre collier, mes adjoints n'ont relevé que ses empreintes et les vôtres dans la chambre. Je me suis dit que vous aviez égaré vos perles et que vous aviez imaginé qu'on vous les avait volées. Mais je me rends compte que j'ai peut-être sous-estimé l'affaire. Je vais me rendre moi-même au manoir. Allons-y tout de suite.

Quelle n'est pas la surprise de Mme Holman et des deux cousines en voyant Alice arriver dans son cabriolet, suivie d'une voiture de police d'où descend le commissaire ! Bess murmure à l'oreille de la gouvernante :

— Alice est très persuasive...

La jeune détective conduit aussitôt le commissaire à la bibliothèque, qu'il inspecte avec le plus grand soin. Quand il a terminé, il déclare avec autorité :

— Le voleur n'a pu s'introduire ici que par la porte. Il a dû se procurer un double de la clef qui ouvre le cadenas. Je ne vois pas d'autre explication.

— Mais, monsieur, objecte Mme Holman, il n'y a qu'une seule clef à ce cadenas et le serrurier qui l'a vendu à M. Rorick lui a affirmé qu'on ne pouvait absolument pas la reproduire.

Le commissaire fronce les sourcils.

— Suivez mon conseil : changez le cadenas et ne confiez la clef à personne, sous aucun prétexte.

Bien que vexée par l'attitude du commissaire, Mme Holman se contente de répondre :

— C'est bon, je vais en acheter un nouveau.

Se tournant vers Alice, elle lui demande :

— Est-ce que vous auriez le temps de faire un saut en ville et d'en choisir un qui soit solide ?

— J'y vais tout de suite, répond la jeune fille.

Comme elle raccompagne le policier, celui-ci exprime le désir de faire le tour de la propriété.

— Ce sera sûrement une perte de temps, ajoute-t-il, parce que les empreintes de pied ne peuvent rien nous apprendre. Il doit y en avoir des centaines avec toutes ces personnes qui jardinent, se promènent, cherchent des indices...

En prononçant ces derniers mots, il jette un regard entendu à la jeune fille, qui sourit.

— Que pensez-vous de cette lumière qui se déplace dans les bois la nuit ? le questionne-t-elle.

— Vous l'avez aperçue ?

— Oui.

Le commissaire se frotte pensivement le menton.

— Je ne vois pas quel intérêt un voleur aurait à signaler sa présence en allant et venant dans la pinède avec une torche électrique. À mon avis, il ne peut s'agir que de promeneurs qui prennent le raccourci qui part de la route et mène à la plage.

Alice ne fait aucun commentaire – peut-être le policier a-t-il raison, même s'il paraît peu probable à la jeune détective que des inconnus traversent la propriété de M. Rorick sans sa permission. Et la nuit en plus ! Elle dit au revoir au commissaire et part dans la foulée acheter un cadenas. Elle trouve ce qu'il lui faut dans un grand magasin d'Émerson. Le propriétaire l'assure que c'est un modèle très récent, impossible à ouvrir sans l'une des deux clefs d'origine.

— Même un serrurier ne pourrait pas l'ouvrir ? interroge Alice.

— Je n'irais pas jusque-là, mais il faudrait que ce soit un maître dans son art !

La jeune fille paie et se dépêche de rentrer au manoir. Malgré cet achat, Mme Holman n'est toujours pas rassurée. Elle prétend que, si le fantôme a envie d'entrer dans la bibliothèque, rien ne l'en empêchera. Toutefois, elle laisse Marion installer le nouveau cadenas. La gouvernante garde une des deux clefs et confie l'autre à Alice.

À cet instant, quelqu'un frappe à la porte de la cuisine. Bess va ouvrir et Fred entre, un large sourire aux lèvres.

— Salut, les filles ! lance-t-il assez cavalièrement. Il faut que je me dépêche de terminer mon travail ici parce que je veux assister au défilé !

— Allez donc passer l'aspirateur dans le salon au lieu d'ennuyer ces jeunes filles, lui ordonne Mme Holman.

— Oui, madame, marmonne-t-il avant de tourner les talons.

Les trois amies retournent à la bibliothèque pour achever de la remettre en ordre. Mme Holman les accompagne, un balai à la main.

— Ce n'est pas à vous de faire le ménage, déclare Fred en la voyant. Laissez-moi nettoyer la bibliothèque.

— Non, merci, répond la gouvernante. M. Rorick ne permet à personne d'autre qu'à moi de toucher à cette pièce.

À cet instant, Fred remarque les deux cadenas sur la porte. Il éclate de rire :

— Eh bien ! Il y une mine d'or là-dedans, pour que vous preniez de telles précautions ?

Mais toutes font comme si elles ne l'avaient pas entendu.

— Il ne pourrait pas se mêler de ce qui le regarde ! grommelle la gouvernante.

Au même moment, la sonnerie du téléphone retentit. Mme Holman va répondre. Au bout de quelques minutes, elle raccroche, appelle Alice et lui murmure à l'oreille :

— C'était le commissaire. Il m'a dit que les empreintes de pouce ne sont pas répertoriées dans les dossiers de la police. Celui qui les a apposées sur les deux papiers n'est pas un voleur connu de leurs services.

— Ça ne va pas simplifier les choses, déplore la jeune fille.

Entre-temps, Fred a terminé la tâche qui lui a été confiée. La gouvernante l'envoie ensuite ratisser les allées. Lorsqu'elle regagne la bibliothèque en compagnie d'Alice, les deux cousines ont déjà rangé une centaine de livres.

Tout à coup, Bess s'écrie avec excitation :

— Un indice ! J'ai trouvé un indice !

chapitre 8

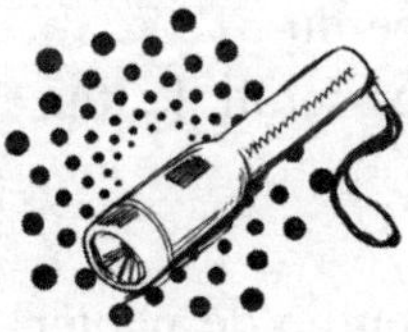

Les Indiens attaquent

Assise sur un escabeau, Bess feuillette un vieux livre. Elle saute à terre et le montre aux autres.

— Il y a tout un chapitre sur la *Lucie Belle,* explique-t-elle. Et regardez un peu ce qui est en annexe à la fin : « Liste des survivants du naufrage ».

— Quelle trouvaille, Bess, s'exclame Alice, tu es extraordinaire !

Elle compte les noms, il y en a neuf.

— L'auteur précise ce qu'ils sont devenus ?

— Non, répond Bess. Il parle de la construction de la *Lucie Belle,* qui tenait à la fois du cargo et du paquebot.

— Il dit ce qu'elle transportait ?

— Non plus.

— Écoutez, interrompt Alice. Si on se dépêche, on a encorc lc temps de s'arrêter chez Mme Palmer

avant d'assister au défilé. J'aimerais savoir si un de ces noms lui rappelle quelque chose.

— À quoi ça va nous mener ? proteste Bess. Ces hommes sont morts depuis longtemps !

— Oui, mais ils ont peut-être des descendants qui cherchent à retrouver le trésor perdu.

— Tu veux dire que l'un d'eux serait le fantôme ? s'étonne Marion.

— Possible.

Alice recopie les noms sur une feuille de papier, puis les trois jeunes filles s'habillent rapidement et partent en cabriolet. Mme Palmer paraît surprise de les revoir si vite. Cependant, loin de la déranger, cette visite l'enchante.

— Je parie que vous avez d'autres questions à me poser, les accueille-t-elle avec malice.

Alice sourit et lui tend la liste des survivants de la *Lucie Belle*. Très étonnée, la vieille dame prend la feuille.

— Eh bien, je suis impressionnée ! Vous êtes une excellente détective.

Elle se met à parcourir la liste. Au bout d'un moment, elle va vers sa bibliothèque et en sort un mince volume qui, explique-t-elle, donne la généalogie des vieilles familles d'Émerson. Elle examine chaque page avec soin, se reportant souvent à la liste découverte par Bess.

— Ah ! voilà ! dit-elle tout à coup. Je crois que j'ai trouvé.

— Quoi ? questionne Alice en se penchant avec avidité.

Mme Palmer lui montre que deux noms de la liste sont identiques à deux noms portés sur le livre qu'elle possède. Il s'agit évidemment de personnes différentes, que plusieurs générations séparent.

— Il se peut, explique Mme Palmer, que ce soient les derniers descendants des rescapés.

— Ils vivent encore à Émerson ? interroge la jeune détective.

— Oui et non. Il y a deux étudiants à l'université dont les familles habitaient ici jusqu'à l'année dernière. Elles sont parties s'installer dans l'Arizona. Ces jeunes s'appellent Tom Akin et Ben Farmer.

Les trois jeunes filles se regardent avec surprise.

— Mais on les connaît !

— Vous semblez avoir beaucoup d'amis à l'université, observe Mme Palmer en souriant.

Incapable de refréner son impatience, Alice demande la permission de téléphoner tout de suite au campus afin de savoir si l'un ou l'autre s'y trouve encore. À sa grande joie, on lui apprend qu'ils y sont tous les deux et on lui donne le numéro de leur résidence. Ayant par chance réussi à les joindre ensemble, la jeune détective leur explique rapidement la raison de son appel.

Tom lui confirme qu'il est un descendant direct de Tom Akin. Son aïeul était officier à bord de la *Lucie Belle* et a survécu au naufrage.

— Est-ce que je pourrais vous voir tous les deux ? demande Alice. J'aurais quelques questions à vous poser.

— On n'a qu'à se retrouver au défilé, propose Ben.

— Entendu, conclut la jeune détective. On sera au premier rang. Ned nous l'a conseillé.

— À tout à l'heure alors.

Avant de quitter Mme Palmer, Alice l'embrasse.

— Vous avez été si gentille ! lui dit-elle. Je ne sais comment vous remercier de votre accueil. Si jamais je réussis à élucider le mystère dont je vous ai parlé, je reviendrai vous l'annoncer.

Mme Palmer sourit.

— Je vous prends au mot ! Vous avez intérêt à tenir votre promesse.

Quand les trois amies arrivent sur la rive, Tom et Bill les y attendent. Ils leur ont réservé trois sièges au premier rang et s'asseyent à côté d'elles.

Aussitôt, Tom commence le récit du naufrage de la *Lucie Belle,* tel que le lui ont raconté ses grands-parents, qui le tenaient eux-mêmes de leurs grands-parents.

— Mon ancêtre a échappé par miracle à la catastrophe, mais il a été tué très peu de temps après par les Indiens avec quelques-uns de ses compagnons. Il avait une femme et un enfant à Pittsburgh. Une fois adulte, celui-ci s'est installé à Émerson, alors que ce n'était encore qu'un village.

— Quelle tragédie ! s'exclame Bess.

— Les Indiens avaient apparemment été provoqués par les Blancs, intervient Bill. Jusqu'à cet incident, ils s'entendaient très bien avec les colons.

— Ça me semble étrange que personne n'ait jamais cherché à récupérer le trésor au fond du fleuve, s'étonne Marion.

— Tu veux parler des coffres contenant les pièces d'or ? questionne Tom.

— Oui.

— En fait, Bill et moi, on fait de la plongée sous-marine et on a plongé plusieurs fois à l'endroit du naufrage.

— Et vous n'avez rien trouvé ? s'intéresse Alice.

Tom éclate de rire.

— On n'a même pas réussi à voir le bateau. On l'a peut-être mal localisé, remarque. Mais il paraît qu'il est enfoui si profondément dans la vase qu'on ne le retrouvera jamais.

Après un moment de réflexion, la jeune détective s'informe :

— On peut louer des équipements de plongée à Émerson ?

La question paraît surprendre Tom et Bill.

— Oui, finit par dire Tom. Mais tu n'as quand même pas l'intention de repérer la *Lucie Belle* !

— Bien sûr que si ! réplique Alice en riant de bon cœur.

À cet instant, le défilé commence. Il met en scène l'histoire d'Émerson, qui, grâce à l'énergie de quelques colons et de leurs descendants, d'un désert est devenu une ville universitaire renommée. En premier, s'avance une flottille de chalands semblables à ceux qui apportaient les marchandises dans ces territoires incultes. Puis viennent les péniches qui assuraient des navettes régulières lorsque la population eut augmenté.

— Regardez ! voilà Bob ! s'enthousiasme Marion.

Et elle se met à rire aux larmes à la vue du jeune homme déguisé en capitaine avec un uniforme et une casquette d'époque. Le visage orné d'une barbe noire, il se tient à l'avant d'une péniche, le bras tendu, criant à son équipage de débarquer le chargement de minerai de fer. Les jeunes filles lisent sur le programme qu'une forge se trouvait autrefois à l'endroit qu'il désigne de la main.

— Oh ! Mais c'est Daniel ! s'exclame Bess.

Affublé d'une perruque et de favoris, celui-ci commande une péniche chargée d'animaux. Cochons qui grognent, vaches qui meuglent, chevaux qui hennissent et ruent. Pauvre Daniel ! Il semble avoir un mal fou à faire tenir en place ces passagers turbulents. Son équipage ne sait où donner de la tête.

— Je comprends pourquoi il ne voulait pas nous dire quel rôle il jouait, pouffe Bess. Il devait avoir peur qu'on se moque de lui !

Elles voient encore passer de nombreux bateaux, dont un transporteur de sel. Sur d'autres, une église et une école sont reconstituées. Le dernier numéro est le plus remarquable. Une cabane délabrée se dresse sur une vieille carcasse de navire. À travers la fenêtre éclairée par une lampe tempête, on voit un avare qui, assis à une table, compte des pièces de monnaie. Derrière, vient une grande pirogue chargée d'Indiens. Ned tient le rôle du chef. Comme les embarcations arrivent près des spectateurs, les faux Indiens se glissent à bord du bateau fantôme, s'emparent des pièces et jettent l'homme à l'eau. Puis, en hâte, ils regagnent leur pirogue et se dirigent vers la rive. Ils abordent juste devant Alice et ses amis.

C'est alors que Ned saute à terre, pousse un cri de guerre, se rue vers Alice, l'enlève dans ses bras et court à la pirogue !

— Arrête ! implore Alice, très gênée.

Elle tente de se libérer, mais les Indiens aident leur chef, et, en quelques coups de pagaie, la pirogue s'éloigne de la rive. Persuadés que cet incident fait partie du programme, les assistants applaudissent, ravis.

— On peut savoir où tu m'emmènes ? Tu as perdu la tête ?

Le jeune homme se dresse et crie d'une voix forte :

— Grand chef va conduire jolie demoiselle à l'emplacement du trésor.

chapitre 9

Une vieille souche

La pirogue d'Indiens traverse rapidement la baie, emportant Alice.

— On va contourner la pointe de la butte, sous la pinède, explique Ned, en reprenant sa voix naturelle. Tout à l'heure, un ami est venu me chercher au gymnase : Mme Holman me demandait au téléphone. M. Rorick a appelé au manoir après votre départ et voulait te parler.

— Il a laissé un message ? s'informe Alice.

— Oui. Il vous prie instamment de prolonger votre séjour jusqu'à ce que vous ayez élucidé le mystère.

La jeune fille se met à rire.

— Il prend de gros risques, plaisante-t-elle. Qui sait combien de temps on va rester à Émerson !

— Le plus longtemps possible, tranche Ned. Dès demain, on va travailler ferme avec Daniel et Bob à cause des examens qui approchent, mais un peu de distraction nous fera le plus grand bien ! C'est même excellent pour le cerveau !

— Je ne pense pas que Bess et Marion verront un inconvénient à rester encore quelques jours. Elles seront même ravies ! Mais tu peux m'expliquer le lien entre le coup de téléphone de Mme Holman et cette promenade imprévue ?

— Pendant qu'il parlait à sa gouvernante, M. Rorick s'est tout à coup souvenu d'avoir entendu ses parents faire allusion à un vieux pin en rapport avec la *Lucie Belle.* Il était très jeune à l'époque et n'avait pas bien compris le sens de ces mots. Maintenant, il se demande si ce vieux pin ne fournirait pas un indice, explique le jeune homme.

— Ne me dis pas que tu as découvert le pin ! jubile Alice. Où ? Comment ?

— Un jour, en me promenant, j'ai remarqué une grosse souche sur la rive, juste de l'autre côté de la pointe. Évidemment, il y a une chance sur mille qu'elle ait un lien quelconque avec le trésor, mais on ne perd rien à s'en assurer. Alors, mes amis et moi, on a décidé de t'y emmener et on a apporté des pelles et des pioches pour faire des fouilles.

Les pagayeurs accélèrent la cadence et, en quelques minutes, ils arrivent à l'emplacement indiqué par Ned. Tous descendent à terre et les garçons se mettent à l'ouvrage. Au bout d'un quart d'heure de travail inutile, l'un d'eux déclare :

— Je parie que les hommes de l'équipage se sont enfuis avec tout ce qui avait de la valeur.

Les autres rient et se redressent, prêts à abandonner. Ned les supplie de persévérer.

— Vous ne voulez donc pas votre part du butin ? plaisante-t-il.

Ses amis reprennent les recherches avec ardeur et étendent le champ de leur fouille. Alice, quant à elle, se promène, cherchant à reconstituer en esprit la scène du naufrage. « Est-ce bien là que les rescapés du naufrage ont abordé ? » se demande-t-elle.

Tout à coup, un étudiant pousse un cri. La jeune détective se retourne.

— Regardez ! s'exclame-t-il. Une ancre !

Ses camarades se précipitent pour examiner la découverte. L'ancre est couverte de rouille. Les jeunes gens se mettent en devoir de la gratter. De son côté, Alice se dit que l'ancre est trop petite pour avoir appartenu à un cargo comme la *Lucie Belle*. Néanmoins, elle suit le travail des garçons avec intérêt. Bientôt, un nom apparaît, à peine lisible : *Rover*.

Le découragement s'empare des chercheurs, qui posent leurs outils et s'épongent le front.

— C'est un échec complet, se désole Ned. Je suis navré de t'avoir donné de faux espoirs.

— Ne t'en fais pas, le réconforte Alice. Il ne m'arrive pas tous les jours d'être enlevée par des Indiens, ça m'a beaucoup amusée. Et puis, j'ai eu une idée...

— Meilleure que la mienne, j'espère, la coupe Ned, la mine piteuse.

Épuisés et assoiffés, ses amis et lui font peine à voir. Les couleurs avec lesquelles ils s'étaient grimés ont fondu et forment des dessins comiques sur leurs visages et leurs torses. Alice ne peut se retenir de rire.

— Retournons au gymnase, propose l'un d'eux.

— Oui, c'est ce qu'il y a de mieux à faire, convient Ned. Viens, Alice.

Mais celle-ci secoue la tête.

— Non. Si ça ne vous ennuie pas, j'aimerais regagner le manoir à travers bois.

Elle prend les clefs de son cabriolet dans son sac et les tend à Ned.

— Tu pourras les donner à Bess et à Marion et les avertir que je suis rentrée à pied ?

Le jeune homme la regarde, perplexe.

— Je préfère t'accompagner, décide-t-il. Je serai plus tranquille. Qui sait si le fantôme n'est pas en train de nous espionner ?

Il confie les clefs à un de ses camarades, le priant de les porter aux deux cousines. Tandis que la pirogue s'éloigne, Ned et Alice commencent à gravir la butte. Comme ils atteignent la pinède, le jeune homme lance :

— Alors ? Tu m'expliques ta fameuse idée ?

— D'après ce que j'ai compris en regardant le défilé, beaucoup d'Indiens vivaient sur la colline à l'époque du naufrage. Ils descendaient donc sûrement de leurs villages jusqu'à la rivière de temps à autre et il est possible que certains aient trouvé des objets provenant du navire et les aient emportés.

— C'est possible. J'imagine tout à fait une jeune et belle Indienne portant la parure de mariage destinée à Abigaïl Rorick !

— Pour elle, ça aurait été un déguisement, comme pour vous lorsque vous vous habillez en Indien, fait remarquer Alice en riant. Mais, soyons sérieux ! Je vais essayer de dénicher une ancienne carte de la région et tenter de localiser les villages indiens d'autrefois.

— Où est-ce que tu comptes trouver ça ?

— Dans la bibliothèque de M. Rorick.

— À ton avis, qu'est-ce qu'il s'est passé après le naufrage de la *Lucie Belle* ?

— Si des Indiens ont volé la précieuse cargaison, ils l'ont peut-être enterrée dans un endroit connu d'eux seuls, pour que personne ne puisse les accuser de quoi que ce soit.

— Ça paraît logique. Continue.

— À moins que les rescapés de la *Lucie Belle* n'aient enfoui dans le sol, près d'un village indien, ce qu'ils avaient sauvé du fleuve, pour le protéger des voleurs en attendant d'avoir trouvé un meilleur abri dans la région ou de se le partager.

— J'espère que tu vas trouver ce que tu cherches, l'encourage Ned. En tout cas, je te remercie de ne pas m'obliger à piocher ou creuser encore ce soir !

Impatients de regagner le manoir, les deux amis pressent le pas. Soudain, un hurlement de terreur perce le silence de la pinède. Ils s'immobilisent, le cœur battant.

— Qu'est-ce qu'il se passe ? s'inquiète Ned.

— On dirait qu'on attaque quelqu'un ! répond Alice.

Elle s'agenouille, pose l'oreille contre le sol pour écouter et entend des pas s'éloigner dans la direction d'où ils viennent, Ned et elle. D'un bond, elle se relève, jette quelques mots à son compagnon et tous deux examinent les alentours. Personne en vue. De nouveau, la jeune fille s'agenouille et écoute. Elle n'entend plus rien. Déçue, elle parcourt méthodiquement les bois avec son ami sans découvrir la moindre victime, ni le moindre assaillant.

— C'était un promeneur qui t'a pris pour un guerrier indien, déclare Alice, taquine.

— Je crois plutôt que ton cher fantôme a inventé ce tour pour nous éloigner du manoir.

— Fantôme ou victime, j'aimerais bien savoir où il se trouve..., murmure la jeune détective.

Soucieux, les deux jeunes gens reprennent le chemin du manoir. Mme Holman n'est pas encore rentrée et la porte est fermée à double tour.

— Elle ne devrait pas tarder, affirme la jeune fille. Elle m'a dit qu'elle assistait à la fête. On n'a qu'à s'asseoir sur le perron en l'attendant.

Très fatigués, les deux amis se laissent tomber sur les marches. Peu après, la gouvernante arrive en voiture. Elle sourit à la vue du chef indien dégoulinant de maquillage et lui conseille de se laver et de se changer avant de regagner l'université.

— Si je continue comme ça, plaisante Ned, le pauvre oncle John n'aura plus rien à se mettre sur le dos à son retour !

Pendant qu'il prend une douche, Alice invite Mme Holman à venir avec elle jeter un coup d'œil à la bibliothèque.

— Est-ce que M. Rorick possède une ancienne carte de la région ? questionne-t-elle.

— Je l'ignore, répond la gouvernante. Il ne le sait d'ailleurs peut-être pas lui-même : il est tellement tête en l'air !

— Cherchons tout de même.

Elles se mettent aussitôt au travail, ouvrant chaque tiroir, inspectant à fond les étagères et vérifiant les piles de papier entassées çà et là dans la pièce. Bientôt, Ned les rejoint, portant une tenue que, de toute évidence, M. Rorick réserve au jardinage.

— Besoin d'un coup de main ? leur propose-t-il.

— Ce ne sera pas la peine, jubile Alice en montrant à son ami un vieux parchemin, datant du XVIIe siècle. J'ai trouvé !

chapitre 10

La surprise du comité

À ce moment-là, une portière de voiture claque dehors.

— Voici Bess et Marion, annonce la gouvernante, qui s'est précipitée à la fenêtre. Attendez-les pour nous expliquer ce que vous avez découvert, Alice.

— Entendu, approuve celle-ci.

Mme Holman va à la rencontre des deux cousines.

— Alice est bien rentrée ? s'inquiète Marion.

La gouvernante la rassure et lui affirme que la jeune fille a beaucoup apprécié son enlèvement par des Indiens. Puis, elle conduit les deux cousines dans la bibliothèque. Alice les met rapidement au courant de ce qui s'est passé depuis qu'elle les a quittées – malgré elle – et leur transmet la requête de M. Rorick.

— Moi, je ne demande pas mieux que de rester, se réjouit Marion.

— Je suis d'accord, moi aussi, accepte Bess, avec moins d'entrain cependant.

— Et maintenant, Alice, qu'est-ce que c'est que cette carte que tu consultes avec tant d'intérêt ? s'informe Marion.

— C'est une mine de renseignements ! Elle m'a appris qu'il y avait un village indien à un kilomètre et demi d'ici dans le temps. Quelque chose me dit qu'il existe un lien entre ce village et notre mystère.

— Cette intuition est venue à notre détective grâce à une erreur de ma part, intervient Ned.

Il leur raconte alors l'histoire du vieux pin dont leur a parlé M. Rorick ainsi que ses vains efforts et ceux de ses camarades pour déterrer le trésor au pied d'une vieille souche.

— Ton initiative était pourtant excellente, mais il s'agit sans doute d'un autre pin..., le réconforte gentiment Bess. Si je comprends bien, Alice, tu penses que les fameuses pièces d'or sont enterrées près de cet ancien village indien ?

— Oui. À mon avis, les voleurs ont dû les cacher le plus vite possible. Ensuite, ils ont peut-être offert quelques pièces aux Indiens qui leur avaient indiqué une bonne cachette. Tout ça reste à prouver, bien sûr.

— Et si on allait à l'emplacement de ce village demain matin ? lance Marion.

— C'est ça, le grand secret ? murmure Alice à l'oreille de Ned.

— Aucune idée. Jusqu'à cet après-midi, je n'étais même pas au courant que Chuck nous réservait une surprise.

Quand le silence est revenu, le président prie le secrétaire général de lire les noms des membres du comité qui ont été choisis pour l'exercice suivant. Un jeune homme frisé, assis à côté de lui, se lève et sourit à l'assistance.

— Si vous le permettez, je vais modifier l'ordre habituel et ne vous révéler qu'à la fin le nom de notre futur président, élu par vos délégués.

Après avoir énuméré plusieurs étudiants qui rempliront les diverses fonctions du comité, il marque une pause et promène un regard amusé sur toute la salle.

— Bon alors, qui c'est ? s'impatiente quelqu'un.

— Notre futur président a été élu à l'unanimité moins une voix : la sienne. C'est donc, en fait, un vote unanime qui a désigné... Ned Nickerson !

— Ned ! C'est génial ! s'écrie Alice en l'embrassant.

Le tout nouvel élu est stupéfait. Un moment, il demeure muet, incapable de prononcer une parole. Le dépouillement des votes ayant eu lieu uniquement en présence du comité directeur, il ignorait le résultat et a peine à y croire. Puis comme les cris de « Un discours ! Un discours ! » deviennent assourdissants, il se met debout, très ému, et s'adresse à tous ses camarades :

— Je vous remercie, mes amis. Ce sera une tâche difficile de succéder à Chuck, vous le savez tous. Je ferai mon possible pour ne pas décevoir votre attente. Ne vous étonnez pas si je vous demande de m'aider dans l'accomplissement de ma tâche. Sans vous, je ne pourrai rien. Excusez-moi, mais les discours ne sont pas mon fort...

Et, avec un sourire timide, il se rassied. Les applaudissements s'élèvent de nouveau. Alice regarde son ami en souriant. Elle ressent une vive fierté en voyant les participants au dîner se précipiter vers lui et lui serrer la main. Le jeune homme, rouge d'émotion, a un regard lumineux.

À vingt et une heures, un petit orchestre fait son entrée. En un clin d'œil, tables et chaises disparaissent et les couples se mettent à tournoyer gaiement.

La soirée s'achève très tard, ce qui n'empêche pas la jeune détective d'être debout de bonne heure. Elle saute du lit et court dans la chambre de Bess et Marion pour les réveiller. À sa grande surprise, les deux cousines sont déjà levées, enthousiastes à l'idée de partir en quête du trésor.

Aussitôt après le petit déjeuner, les trois amies se mettent en route, munies d'outils pour creuser. À partir de la rivière, elles suivent la direction indiquée sur l'ancienne carte et parviennent à une clairière qui, selon la meneuse du petit groupe, doit marquer l'emplacement d'un village. Çà et là, on aperçoit de gros monticules couverts d'herbes.

— Qu'est-ce que c'est ? s'interroge Bess, intriguée.

— Peut-être des fours d'argile où les Indiens cuisaient le pain, suppose Alice.

Après avoir marché au hasard un moment, les jeunes filles ramassent quelques pointes de flèche. À part ça, rien ne confirme qu'une tribu d'Indiens ait vécu à cet endroit.

— On est venues chercher un trésor et une robe de mariée, rappelle Bess à ses amies. Visiblement, ce n'est pas ici qu'on les trouvera.

Cependant, ni Marion ni Alice ne partagent cette opinion.

— Si tu étais un Indien, où est-ce que tu cacherais un trésor ? demande Marion à la jeune détective.

Celle-ci réfléchit un moment avant de répondre :

— Dans un lieu sacré que les autres Indiens n'oseraient pas violer.

— Pas bête, convient Bess. J'ai lu quelque part que, chez les Indiens, les lieux sacrés étaient situés au centre du village.

— Oui, c'est bien ça, confirme Alice.

Elle regarde autour d'elle et se dirige vers ce qu'elle pense avoir été le centre du village.

— Commençons à creuser ici, propose-t-elle.

Comme les trois amies prennent leurs instruments, elles voient un jeune homme s'avancer. C'est Fred Braul.

— Tiens, tiens ! Vous cherchez des vestiges indiens ? commence-t-il, d'un ton narquois. J'ai un message pour vous, mademoiselle Alice.

— Pour moi ? De qui ?

— De votre père. Il a appelé et j'ai pensé qu'il valait mieux vous prévenir tout de suite. J'ai noté ce qu'il m'a dit.

Et il présente une feuille de papier à Alice. Celle-ci la parcourt et pâlit en lisant :

Viens vite. Sarah est au plus mal.

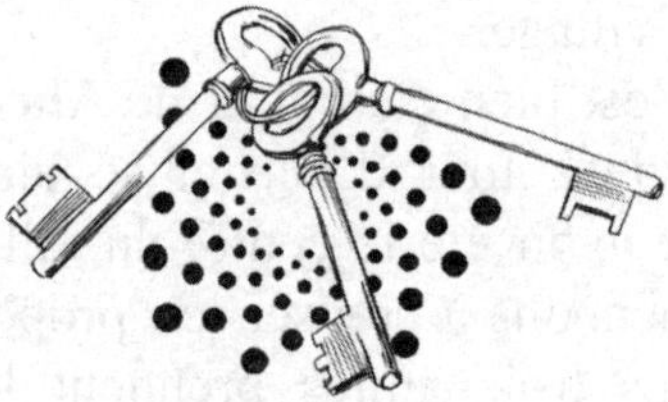

chapitre 11

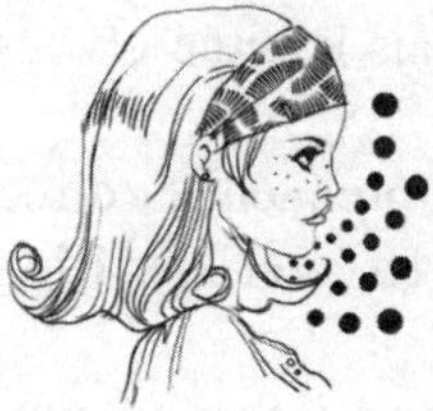

Un message inquiétant

— Mon père a téléphoné quand ? crie presque Alice, folle d'inquiétude.

Fred réfléchit un court instant avant de répondre :

— Il y a environ une demi-heure. J'étais en train de balayer l'entrée et Mme Holman était occupée au premier. Elle n'a pas entendu la sonnerie, alors j'ai pris la communication. Votre père a insisté pour que je vous transmette son message le plus rapidement possible. J'ai demandé à Mme Holman où vous étiez et je suis venu immédiatement.

Il a débité son histoire d'une seule traite, un peu comme s'il récitait une leçon.

— Je vous remercie, articule péniblement Alice. Les filles, il faut qu'on retourne à River City tout de suite. Je veux voir Sarah au plus vite.

Fred regarde intensément la jeune fille.

— Je suis vraiment désolé de vous avoir apporté

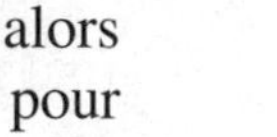

de mauvaises nouvelles. J'espère que votre gouvernante se remettra vite.

Comme les jeunes filles ramassent leurs outils, il ajoute :

— Je vous regretterai, je m'étais habitué à vous. Le manoir était plus animé.

Sans répondre, les trois amies prennent la direction de *La Butte aux Pins*. Fred les précède. Bientôt, il disparaît de leur vue.

— Qu'est-ce qui a bien pu arriver à Sarah ? murmure Bess. Elle avait l'air en pleine forme quand on est parties.

— Elle a peut-être eu un accident, suggère Marion.

Alice a le visage tendu et ne prononce pas un mot jusqu'à ce qu'elles parviennent en vue du manoir.

— Je vais téléphoner à la maison, décide-t-elle tout à coup. Si Sarah est gravement malade, je veux savoir ce que disent les médecins.

Bess la regarde avec surprise.

— Si... ?

— Oui, cette histoire n'est peut-être qu'une ruse.

— Dans quel but ? s'étonne son amie.

— Se débarrasser de nous. Le fantôme a très bien pu appeler lui-même en profitant de notre absence.

— Tes découvertes le gênent et il commence à avoir peur..., poursuit Marion, pensive.

— C'est possible. Mais il y a peut-être une autre raison à ce coup de téléphone.

— Quoi ? demande Bess.

— Si le fantôme recherche les mêmes choses que nous, c'est-à-dire les pièces d'or et les cadeaux de mariage, ça l'intéresse sûrement de savoir de quel côté on fouille. S'il nous épie depuis longtemps, il nous a probablement entendu parler de mon père et de Sarah. Il ne lui restait plus qu'à inventer cette histoire pour envoyer Fred à notre rencontre.

— Comme ça, le fantôme pouvait suivre Fred et nous retrouver sans problème, termine Marion.

— Oui, confirme Alice.

— Mais s'il nous espionne en permanence, pourquoi est-ce qu'il se serait donné cette peine ? objecte Bess.

— Toute filature a des failles, réplique la jeune détective. Il a très bien pu avoir un moment d'inattention et perdre notre trace.

À ces mots, les jeunes filles arrivent à la porte d'entrée. Mme Holman répond à leur coup de sonnette et leur exprime sa sympathie. Elle est désolée de la triste nouvelle que Fred leur a apprise.

— Est-ce que je peux téléphoner chez moi, madame ? l'interrompt Alice.

— Bien sûr, accepte aussitôt la gouvernante.

La jeune fille compose le numéro de chez elle. Elle attend en tapant du pied d'impatience. Enfin, la voix de Sarah résonne, claire et joyeuse à ses oreilles.

— Sarah ! s'écrie Alice. Est-ce que tu vas bien ?

— On ne peut mieux ! répond la vieille gouvernante en riant de bon cœur. Pourquoi cette question ?

La jeune fille lui résume les derniers événements d'une voix étranglée par l'émotion et la colère.

— Tout ça est complètement faux ! déclare Sarah, outrée. Qui a pu inventer cette histoire à dormir debout ?

La jeune détective lui expose la théorie qu'elle a échafaudée sur ce point. Sarah pousse un soupir.

— Je t'en prie, ma chérie, sois prudente. Tu ferais mieux de rentrer à la maison. Laisse tomber ce mystère.

— C'est impossible, la coupe sa protégée. Je ne vais quand même pas me laisser intimider par un fantôme. Ce serait le comble !

Sarah rit à l'autre bout du fil.

— Avec toi, il n'y a pas moyen d'être sérieuse ; tu réussis toujours à me désarmer. Pense tout de même à ta vieille Sarah qui t'aime et s'inquiète pour toi.

— Si le fantôme se cache au manoir, j'espère qu'il a entendu notre conversation. Comme ça, il saura que je suis fermement décidée à n'en faire qu'à ma tête et que ses ruses ne m'effraient nullement. Ne t'inquiète pas, Sarah. Mes deux anges gardiens, Marion et Bess, veillent sur moi !

— Quand comptes-tu rentrer ? ajoute la gouvernante.

— Pas avant quelques jours. M. Rorick nous a demandé de rester jusqu'à ce qu'on ait élucidé cette énigme.

— Dépêche-toi de régler tout ça alors. Je me sens très seule sans toi.

— Tu me manques, toi aussi, mais tu me connais : il faut que je mène jusqu'au bout ce que j'entreprends !

Quand Alice a raccroché, Mme Holman se plaint de l'absence de Fred qui n'est pas rentré.

— On ne peut vraiment pas compter sur lui. Il est parti à votre recherche, en laissant son matériel de nettoyage en plein milieu de l'entrée. Allez savoir quand il reviendra maintenant !

Les jeunes filles aident la gouvernante à terminer le travail de Fred. À midi, le ménage achevé, elles se rendent à la cuisine. Tout en préparant le déjeuner, elles discutent du faux message. Maintenant que l'inquiétude de Mme Holman est dissipée, la colère s'empare d'elle.

— Si c'est une plaisanterie, je la trouve de très mauvais goût ! J'espère bien que vous allez découvrir qui vous a joué ce sale tour !

— Lorsque cette affaire sera tirée au clair, affirme Marion, l'auteur de ce faux message sera démasqué du même coup.

Après le repas, Alice propose de revenir à l'emplacement du village indien. Ses amies l'approuvent. Les jeunes filles reprennent bêches et pioches et se mettent en route.

— Au retour, il faudra emprunter un raccourci, suggère Marion. Ces outils pèsent lourd.

— Bonne idée, approuve Alice. Vous savez, j'ai le pressentiment que quelqu'un a fouillé le sol en notre absence.

— Tu crois ? s'étonne Bess.

— Oui, j'en suis même sûre. Je vous l'ai dit, à mon avis, c'était le but du faux message.

Cette pensée incite les trois amies à presser le pas. À quelque distance de la clairière, Alice recommande aux deux cousines d'avancer prudemment.

— Si on surprend un inconnu et qu'on réussisse à s'en approcher, on a une chance de faire la connaissance de notre fantôme.

— Moui..., marmonne Bess. Cette idée ne m'enchante pas beaucoup. Je n'ai jamais adoré les malfaiteurs...

Marion lui décoche un regard taquin.

— Quelle mauviette ! Tu parles d'une détective !

Bess ne répond pas et reste en arrière, suivant à quelques mètres ses amies. Aux abords de la clairière, Alice lève la main, porte un doigt à ses lèvres, et se dissimule derrière un arbre. Par signes, elle indique à ses amies d'en faire autant.

— Regardez ! chuchote-t-elle.

Au centre du village indien, une demi-douzaine de trous ont été creusés. Alice avait donc deviné juste. Tout à coup, Bess et Marion s'aperçoivent qu'elle pointe l'index non vers les mottes fraîchement retournés, mais vers la silhouette d'un homme qui s'enfuit. Il porte une bêche sur l'épaule et court à toute vitesse à travers bois

— Attrapons-le ! crie la jeune détective.

Abandonnant sur place leurs outils, les trois amies s'élancent à la poursuite de l'homme. Il a une bonne avance et décrit des zigzags entre les arbres et les buissons, si bien qu'elles le perdent souvent de vue. Elles ne peuvent distinguer ses traits, mais il est mince, de taille moyenne et a des cheveux brun foncé. Serait-ce lui dont Alice a suivi les empreintes de pas ? Au bout d'un moment, les jeunes filles ne le voient plus du tout. Elles continuent cependant dans la direction qu'il a prise et arrivent à la plage de l'anse. Elles regardent autour d'elles, sans l'apercevoir. Tout à coup, Bess s'écrie :

— Là-bas ! Il y a quelqu'un qui s'éloigne dans un canot. Vous croyez que c'est lui ?

L'homme rame vite et leur tourne le dos, sans doute pour éviter d'être reconnu.

— Le bateau ne porte ni nom ni numéro, note Alice. Et, étant donné sa manière d'agir, cet homme n'a pas la conscience tranquille. C'est peut-être lui qui a téléphoné en se faisant passer pour mon père...

La jeune fille pousse un soupir de fatigue et de dépit, puis reprend :

— Si cet homme a trouvé le trésor, ce qui m'étonnerait, il ne l'a pas emporté avec lui, à moins que le butin soit assez petit pour tenir dans sa poche.

— Allons nous assurer qu'il n'a pas laissé un coffre rempli de pièces d'or ! lance Marion en riant.

Les jeunes filles regagnent l'emplacement du village, reprennent leurs outils et sondent les trous faits par le mystérieux fuyard. Ils sont vides.

— Inutile de perdre notre temps, creusons ailleurs, décrète la jeune détective.

Les trois amies se remettent à l'ouvrage. Au bout de quelques minutes, Marion annonce qu'elle est tombée sur une pointe de flèche.

— Il doit y en avoir des dizaines ici, ajoute-t-elle.

Alice, elle, a plus de chance. Dix minutes plus tard, elle déterre une petite idole de terre cuite, représentant un dieu indien. La jeune fille la montre à ses amies.

— Je ne sais pas si j'ai le droit de la garder. J'ignore même à qui appartient ce terrain, remarque-t-elle.

— Moi je sais, la coupe Marion, très fière. En feuilletant un livre de la bibliothèque de M. Rorick, j'ai lu qu'à présent c'est la ville d'Émerson qui en est propriétaire.

— Alors il faudra qu'on apporte toutes nos découvertes à la mairie, conclut la jeune détective. Ça simplifie beaucoup les choses.

Les trois jeunes filles se remettent au travail avec plus d'ardeur encore. À un moment, Bess s'éloigne un peu de ses amies. Étonnée de ne plus l'entendre, Marion lève les yeux et s'apprête à l'appeler quand sa cousine pousse un cri.

chapitre 12

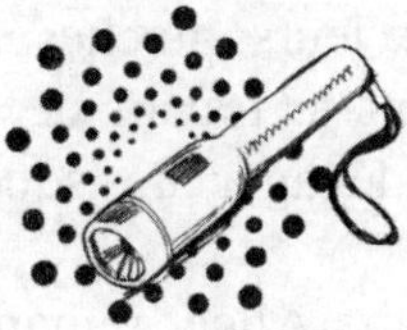

La grotte

Alice et Marion se précipitent vers leur amie. Penchée au-dessus d'un grand trou, elle tremble comme une feuille. Les deux jeunes filles baissent alors les yeux et voient... *un crâne humain* !

— Oh ! laisse échapper Alice. Tu as dégagé une tombe !

— Très ancienne ! ajoute Marion.

Bess frissonne, incapable de chasser la vision de ce crâne aux orbites immenses. Les deux autres semblent fascinées.

« Est-ce le crâne d'un Indien ou d'une personne morte plus récemment ? » s'interroge la jeune détective.

À haute voix, elle déclare :

— Si on creuse un peu plus, on trouvera peut-être d'autres ossements.

— Si ça ne vous dérange pas, bredouille Bess,

je vais fouiller à un autre endroit. C'est le trésor de la *Lucie Belle* qui m'intéresse, moi, pas les squelettes !

Ses amies échangent un sourire amusé et, compréhensives, lui disent d'aller où elle préfère. Courageusement, à l'aide de leurs pioches et de leurs bêches, elles poursuivent le travail de Bess. Bientôt, elles réussissent à dégager un squelette entier.

— C'était un Indien, affirme Alice, remarquant le bracelet de perles qui lui entoure une cheville.

— Je me demande si cet Indien, ou cette Indienne, a été enterré avec d'autres bijoux, qui ont été volés ensuite par des pilleurs de tombeaux, murmure Marion, songeuse.

Alice estime que cette hypothèse doit être bonne, la tombe étant peu profonde. Celui qui, le premier, a déterré le cadavre l'a apparemment simplement recouvert de quelques pelletées de terre.

— Je crois que ça intéressera beaucoup les conservateurs du musée d'Émerson. Il faut prévenir la police et l'université afin qu'un spécialiste vienne examiner le squelette.

— Bonne idée, approuve Marion.

Entre-temps, Bess a repris courage et, la curiosité l'emportant sur la peur, elle apparaît au bord du trou.

— Oui, tu as raison, Alice. Tu veux que je retourne au manoir pour téléphoner au commissariat ?

Ses deux amies la regardent avec un peu d'ironie et lui conseillent de se dépêcher. Elles devinent que Bess se jette sur l'occasion de s'éloigner de ces restes macabres.

— En attendant son retour, continuons à creuser, propose Marion.

Les deux filles mettent encore au jour un arc et une flèche, mais en si mauvais état qu'elles n'osent pas les toucher de peur de les voir tomber en morceaux. Enfin, fatiguées de manier pelles et pioches, les deux amies s'asseyent pour se reposer.

Peu après, le commissaire de police apparaît en compagnie de Bess, qu'il est passé prendre au passage au manoir, et de deux professeurs de l'université. Les trois hommes contemplent avec étonnement la découverte des jeunes filles. Anthropologue nouvellement arrivé à l'université, grand spécialiste de l'histoire indienne, le professeur Greentree prend la parole :

— J'avais l'intention d'entreprendre des fouilles à cet endroit, commence-t-il avec un sourire. Vous m'avez devancé, mesdemoiselles, et je vous en félicite.

Il va chercher dans sa camionnette une sorte de brancard et, avec l'aide de son collègue, le glisse sous le squelette, qu'il recouvre ensuite d'un voile avant de le charger à l'arrière du véhicule. Après le départ du commissaire et des professeurs, Bess souffle :

— Je suis contente que ce soit terminé. Et j'espère bien ne plus jamais rencontrer d'homme préhistorique !

— Préhistorique ? répète Marion, amusée. Il a tout au plus deux cents ans !

Bess fait mine de ne pas entendre et, se tournant vers Alice, elle lance :

— Quels sont tes ordres, à présent, mademoiselle l'archéologue ?

— Nous sommes venues dans une intention précise : retrouver les cadeaux de mariage. Creusons encore un peu.

— Quel bourreau de travail ! Je meurs de faim, moi !

— Avec l'énorme déjeuner que tu as englouti ? ! rétorque Marion.

— Bon ! grommelle la gourmande. Je veux bien faire un effort pendant encore une demi-heure puisque vous êtes deux contre moi. Mais après, on y va, d'accord ?

— Entendu, promet Alice. D'ailleurs, on peut chercher d'autres indices autrement qu'en piochant.

Elle s'interrompt tout à coup, puis chuchote :

— Écoutez ! J'entends à nouveau quelqu'un.

Les deux autres regardent autour d'elles avec anxiété.

— On va faire semblant de s'éloigner et essayer de surprendre celui qui s'obstine à nous surveiller, propose la jeune détective.

Les jeunes filles ramassent leurs outils et partent en direction de l'anse. De temps à autre, elles s'arrêtent et tendent l'oreille. Un bruissement de brindilles derrière elles ne leur laisse aucun doute : on les suit. Toutefois, l'espion, quel qu'il soit, demeure caché. Délibérément, Alice suit un chemin en zigzag pour tenter de le semer. Bientôt, les trois jeunes filles marquent une nouvelle pause pour écouter. Cette fois-ci, aucun bruit ne leur parvient. Rassurées, elles reprennent alors tranquillement leur route.

Soudain, elles se trouvent devant l'entrée d'une grotte. Curieuses, elles décident d'y jeter un coup d'œil. Les parois de pierre sont noircies par la fumée. À hauteur d'épaule, un rocher taillé avec des outils rudimentaires forme une saillie.

— Vous pensez qu'elle servait aux Indiens ? questionne Bess.

— Voici la réponse, intervient Marion en se penchant et en ramassant une petite pointe de flèche à l'entrée de la grotte.

Alice se promène, examinant le grossier travail de pierre. Au-dessus de cette sorte d'étagère, elle remarque un rocher qui dépasse plus que les autres. Intriguée, elle tente de le tirer à elle. À sa vive surprise, il vient sans peine, révélant une petite niche. À l'intérieur, la jeune fille découvre quelques perles de couleur et un ruban, noir et ancien. Des lettres d'or terni forment le mot *Belle*. Très excitée, la jeune détective montre sa trouvaille à ses amies, qui applaudissent.

— Enfin un indice ! Ça doit provenir du béret d'un des matelots de la *Lucie Belle*, suppose Bess.

— Sûrement, acquiesce Alice.

— Mais comment est-il venu ici ? reprend Bess.

Son amie détective avance deux hypothèses :

— Ou bien le marin l'a laissé ici, ou un Indien l'a récupéré après le naufrage ou le massacre. Cette découverte confirme l'histoire de Ben. Comme je voudrais savoir pourquoi ces Indiens si sociables se sont tournés contre les survivants de la *Lucie Belle* !

Marion, qui se tient à l'entrée de la grotte, impose brusquement le silence à ses amies.

— L'espion ! Cette fois-ci, je l'ai vu.

— Où est-il ? demande vivement Alice.

Marion tend le doigt vers un bosquet, mais la silhouette n'est plus visible.

— Il t'a repérée ?

— Je ne crois pas.

— On pourrait essayer de l'encercler..., suggère la jeune détective.

Bess refuse catégoriquement. Si persuasives que se montrent ses deux amies, elle reste inébranlable. Marion et Alice sont bien obligées de renoncer à ce projet, qu'elles ne peuvent mener à bien seules.

Alice glisse le ruban dans sa poche et les jeunes filles se remettent en marche. Bientôt, elles débouchent sur un petit escarpement qui surplombe l'anse. La jeune détective se penche par-dessus pour voir si le mystérieux espion est à l'horizon. Tout à coup, tandis qu'elle se tient sur le bord, la terre cède ! La jeune fille se rejette en arrière, mais trop tard. Elle roule avec les pierres et la poussière. Marion tente de la retenir et, à son tour, perd l'équilibre et dégringole à vive allure la pente rocailleuse !

chapitre 13

Un curieux personnage

Horrifiée, Bess voit ses amies rouler, sans pouvoir se raccrocher au moindre arbuste. Elle-même a du mal à ne pas être emportée par l'éboulis. D'un bond, elle se retrouve en sécurité sur un rocher.

« Pourvu qu'Alice et Marion ne se cassent pas quelque chose ! » se dit-elle.

Par une chance inespérée, les deux jeunes filles parviennent à freiner leur chute juste avant d'arriver à la petite plage. Elles s'asseyent et se frottent les yeux pour en chasser la poussière.

— Vous n'êtes pas blessées ? leur crie Bess.

Marion lève la tête.

— Non, mais je suis furieuse. Pourquoi a-t-il fallu que ce pan de terrain cède ? Maintenant, notre homme doit être loin !

Alice marmonne entre ses boucles en désordre :

— J'enrage, moi aussi.

Les deux amies se relèvent et époussettent leurs vêtements pleins de terre. Elles ont de nombreuses égratignures au visage, aux bras et aux jambes, mais rien de cassé. Avec soin, elles inspectent l'escarpement et entreprennent de remonter en l'escaladant.

Soudain, à voix basse, Bess attire leur attention :

— Regardez là-bas, sur l'eau ! C'est Fred dans une barque !

Alice et Marion se retournent, mais malheureusement un buisson leur cache l'embarcation. Fred les a-t-il vues tomber ? En tout cas, il n'a pas cherché à leur porter secours.

Comme les deux filles mettent le pied sur le sommet de la petite falaise, Bess leur annonce :

— C'est curieux, le canot qu'il manœuvre ressemble à celui de notre espion de tout à l'heure.

— Bah ! Beaucoup de gens ont ce genre de bateau et, à mon avis, Fred est trop stupide pour être mêlé à un mystère, réplique Marion.

— Je n'en suis pas aussi sûre que toi..., la contredit Alice, songeuse. Il y a plusieurs petits détails qui me paraissent étranges. Vous avez remarqué, il est toujours dans nos jambes. Dès qu'on va quelque part, on le retrouve, comme par hasard. C'est vrai qu'il n'a pas l'air très malin, mais ça n'empêche pas quelqu'un de le charger de nous surveiller. Peut-être même qu'il a lui-même inventé de toutes pièces ce coup de téléphone de Sarah...

Marion bout de colère.

— Il faut le retrouver tout de suite !

Bess considère sa cousine et lance, non sans ironie :

— Si par miracle tu le rattrapes à la nage, qu'est-ce que tu vas faire ? Si Fred est coupable, tu crois qu'il va tomber à nos pieds et tout avouer ?

Alice et Marion ne peuvent s'empêcher de rire. Que répondre à cela ? Le trio marche en silence pendant quelques minutes. Enfin, la jeune détective déclare :

— J'ai une idée. On va demander à Mme Holman l'adresse de Fred et interroger ses voisins.

Quand elles arrivent au manoir, la gouvernante dévisage Alice et Marion avec une surprise non déguisée.

— Qu'est-ce qu'il vous est arrivé ?

— Rien de grave, répond la jeune détective, sans donner plus de détails. Regardez ce qu'on a trouvé, continue-t-elle en tendant le ruban où se lit *Belle*.

— Avec quelques perles et des pointes de flèches, c'est tout notre butin ! déplore Marion. Pas le moindre présent de mariage, ni la plus petite pièce d'or !

Sur ce, les jeunes filles vont prendre un bain et se changer. Puis, Mme Holman leur donne l'adresse de Fred et les trois amies s'éloignent rapidement dans le cabriolet d'Alice. Fred habite dans un groupe de petites maisons d'apparence modeste. La pension de famille où il a élu domicile est propre, mais assez délabrée. Une femme à l'aspect avenant apparaît au coup de sonnette d'Alice et lui apprend que Fred n'est pas rentré.

— Trois jolies filles viennent le voir et il n'est pas là ! plaisante-t-elle. Simplet comme il est parfois, il ne va pas s'en remettre !

Bess et Marion s'apprêtent à lui préciser que Fred n'est pas un de leurs amis quand un clin d'œil d'Alice les fait se raviser.

— Fred n'est simplet que parfois ? dit-elle en riant à la logeuse.

— Oui, admet celle-ci. Lorsqu'il en a envie, il se montre aussi malin qu'un autre.

— C'est rassurant parce que, autrement, il aurait du mal à gagner sa vie.

— C'est bien vrai ! acquiesce la logeuse. Il faut un minimum d'intelligence pour travailler correctement.

— À ce propos, vous pensez qu'il saurait laver ma voiture et régler les freins ? C'est ce que je venais lui demander.

— Bien sûr, assure la logeuse.

— Fred a de la famille ? poursuit Alice.

— Je ne connais que son père, qui habite ici avec lui.

— Il travaille, lui aussi ?

La femme croise les bras et se penche. Son visage touche presque celui d'Alice. Baissant la voix de manière à n'être entendue que des jeunes filles, elle répond :

— Pour être franche, c'est un homme bizarre. Il

ne parle pas beaucoup et, autant que je sache, il ne travaille pas non plus. Depuis près d'un mois, il part pourtant chaque matin à l'aube et ne revient que tard dans la nuit.

— Pourquoi pensez-vous qu'il ne travaille pas ? insiste la jeune détective.

La femme hausse les épaules.

— Je ne saurais pas l'expliquer. Après avoir eu tant de pensionnaires, je devine lesquels ont un emploi régulier et lesquels n'en ont pas. Pourtant, je n'arrive pas à imaginer ce que cet homme fait de ses journées.

— Il reste peut-être assis sur un banc du jardin public à nourrir les pigeons, plaisante Marion.

La femme éclate de rire.

— Ce n'est pas son genre. Quelque chose me dit qu'il a une occupation plutôt louche. J'ai essayé de lui tirer les vers du nez mais, chaque fois, il me repousse presque grossièrement.

— Il ressemble à Fred ? intervient Bess.

— Non, il est plus petit que lui et moins musclé. Fred fait de la boxe, je crois. On lui a peut-être cogné trop fort sur la tête, c'est ce qui lui a brouillé les idées !

Satisfaite de ces précieux renseignements, Alice remercie la logeuse et prend congé. Bess et Marion remarquent que leur amie n'a donné ni son nom ni son adresse. Dès qu'elles sont installées dans la voiture, Bess en demande la raison.

— Tu avais vraiment l'intention de confier ta voiture à Fred ?

— Reconnais qu'un bon lavage ne lui ferait pas de mal ! Mais si je n'ai pas laissé mes coordonnées, c'est parce que je suis persuadée que Fred devinera qui est venu. Je suis tout aussi sûre qu'il fait semblant d'être stupide et étourdi. Il est bien assez intelligent pour agir contre nous dans cette affaire.

— Et qu'est-ce que tu penses de son père ? demande Marion. Tu crois que c'est le cerveau de l'affaire ?

Comme Alice s'apprête à répondre, elles aperçoivent un homme mince et pas très grand se diriger vers la pension de famille.

— C'est l'inconnu qui nous espionnait et s'est enfui dans le canot à rames ! s'écrie Bess en le reconnaissant.

L'homme jette un bref coup d'œil vers la voiture et, à la vue des jeunes filles, il fait brusquement demi-tour et repart presque en courant dans l'autre sens.

— Suivons-le ! décrète Alice sans hésiter.

Elle doit opérer un demi-tour sur la route, ce qui lui fait perdre un temps précieux. Ses amies voient l'homme tourner à l'angle de la rue mais, quand le cabriolet arrive au croisement, il a disparu.

— S'il n'avait rien à se reprocher, il ne réagirait pas comme ça, affirme Bess.

— Certainement, ajoute Marion.

Alice, elle, n'émet aucun commentaire. Durant le reste du trajet, elle garde le silence, absorbée dans ses pensées. La journée a été fertile en événements. « Quelles conclusions en tirer ? » se demande-t-elle.

Même si leurs recherches progressent, le mystère la déconcerte toujours autant. Elle a cependant le pressentiment que l'homme qui les a évitées y est mêlé, d'une manière ou d'une autre.

« En plus, il correspond à la description que la logeuse nous a faite du père de Fred », se dit-elle.

Quand les trois amies arrivent au manoir, elles y trouvent Ned, Bob et Daniel, installés au salon dans de confortables fauteuils. Ils se lèvent comme s'ils titubaient de fatigue.

— Quel travail intense, aujourd'hui. Nos pauvres crânes ! se lamente Daniel en portant la main à son front. Ils sont bourrés à craquer de formules chimiques et de notions philosophiques !

Les deux autres jouent eux aussi la comédie.

— Mais vous pouvez nous soutenir dans cette épreuve, articule Bob d'une voix faible.

— Comment ? interroge Marion, soupçonneuse.

— En prenant pitié de nous ! gémit Ned. Venez dîner et danser avec nous. Vous serez surprises de la rapidité avec laquelle nous retrouverons nos forces et notre entrain.

Tous éclatent de rire et les jeunes filles acceptent l'invitation à l'unisson.

— Chuck Wilson et une de ses amies viennent

avec nous, précise Bob. On a loué une grande berline pour l'occasion.

Alice monte ranger les clefs de sa voiture sur sa table de nuit et prévient Mme Holman qu'elle sort avec ses amis. La gouvernante leur souhaite de bien s'amuser. La soirée est, en effet, très joyeuse : le repas est succulent, la conversation enjouée et l'orchestre excellent. Tout concourt à la joie des jeunes gens. Alice et Ned en profitent pour se concerter et décident d'effectuer quelques plongées à l'emplacement où la *Lucie Belle* a sombré ; ils font part de leur projet aux autres.

— Vous espérez trouver quoi ? s'intéresse Chuck.

— Un trésor, bien sûr ! répond la jeune fille en riant.

Ned, Daniel, Bob et Chuck ayant des cours le lendemain matin, les jeunes filles exigent que tout le monde rentre à une heure raisonnable.

— Sinon, vous serez incapables de vous réveiller, déclare Marion. Et il n'est pas question que vous ratiez vos examens à cause de nous !

Ned prend le volant et, après avoir laissé Chuck et son amie devant la maison de celle-ci, le petit groupe prend le chemin du manoir. Les phares balaient bientôt la cour d'entrée.

C'est alors qu'Alice pousse un cri :

— Ma voiture ! Elle n'est plus là !

chapitre 14

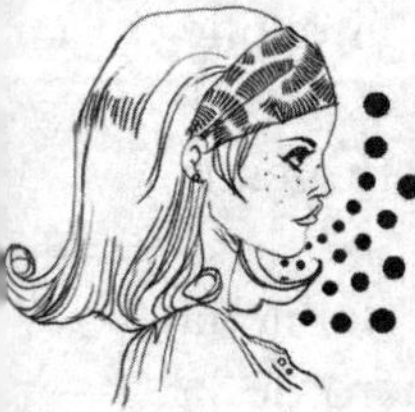

Nouveau méfait

Aussitôt, les jeunes gens sautent de la limousine et se mettent à chercher le cabriolet.

— Tu avais laissé la clef sur le tableau de bord ? questionne Ned.

— Non. Je me rappelle très bien être montée dans ma chambre et avoir déposé le trousseau sur la table de nuit, affirme Alice,

— Va voir s'il y est encore.

La jeune fille court au premier et trouve les clefs. Elle revient en les agitant :

— Les voilà ! Le voleur ne les a pas prises.

— C'est encore un tour du fantôme..., murmure Bess en frissonnant.

— Il est particulièrement doué, s'il est capable de mettre une voiture en marche sans clef ! remarque Bob.

— Alice, qu'est-ce que tu vas faire ? gémit Bess.

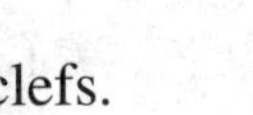

— Je vais appeler la police.

Mme Holman, alertée par les jeunes gens, se désole :

— Je me sens responsable. J'aurais dû être plus vigilante. J'étais plongée dans un livre et j'ai oublié tout le reste...

— Ce n'est pas de votre faute, proteste gentiment la jeune fille.

Elle téléphone alors au commissariat et donne la description de sa voiture ainsi que le numéro de la plaque d'immatriculation.

— Je vais faire le nécessaire, déclare l'inspecteur de garde.

Quelques minutes plus tard, Alice remercie Ned de la bonne soirée qu'elle vient de passer, grâce à lui et à ses amis.

— Dommage qu'elle se soit terminée comme ça, commente-t-il. Mais ne t'inquiète pas trop. La police retrouvera facilement ta voiture, même si c'est un fantôme qui se l'est appropriée.

Le lendemain, la jeune détective est réveillée par un léger coup frappé à sa porte.

— Entrez ! marmonne-t-elle, encore à moitié endormie.

Mme Holman apparaît dans l'encadrement de la porte, le visage fendu par un large sourire.

— Vous n'allez pas me croire ! Votre voiture est revenue.

— Quoi ? Qu'est-ce que vous dites ? s'écrie

Alice en sautant de son lit. La police l'a déjà retrouvée ?

— Je ne sais pas qui l'a ramenée. Quand je me suis levée, j'ai passé la tête par la fenêtre et j'ai vu votre cabriolet ! Vous n'avez qu'à venir le constater vous-même !

La jeune fille accourt dans la chambre de la gouvernante et aperçoit en effet son joli cabriolet bleu, le compagnon de tant d'aventures ! Sous l'effet de la joie, elle embrasse Mme Holman.

— Ça, c'est une bonne nouvelle ! s'exclame-t-elle.

— Oui, c'est presque un miracle, renchérit Mme Holman.

— Il faut que je téléphone tout de suite au commissariat, pense soudain Alice.

Elle descend dans l'entrée et compose le numéro. Le commissaire répond lui-même. Comme la jeune fille s'embrouille dans ses remerciements, il l'interrompt :

— Mademoiselle, je suis ravi d'apprendre que votre voiture est au manoir, mais je dois vous avouer que mes hommes n'y sont pour rien.

— Pardon ? s'étonne la jeune fille.

— La patrouille de nuit est rentrée bredouille. Et, pour l'instant, celle de jour n'a rien signalé.

— Bizarre, murmure Alice, comme pour elle-même. Merci tout de même, commissaire.

Dès qu'elle a raccroché, la jeune fille se précipite dehors. Son premier soin est d'examiner le tableau de bord du cabriolet. La clef de contact n'y est pas. La jeune détective ne peut en croire ses yeux.

« Si je n'avais pas eu des témoins, se dit-elle, je croirais avoir rêvé toute cette histoire. »

C'est alors qu'elle remarque que la voiture a été lavée et lustrée ! Aussitôt, elle pense à Fred. La gérante de la pension de famille lui aurait-elle répété leur conversation ?

« Non, c'est impossible ! Si Fred avait été au courant de mes intentions, pourquoi est-ce qu'il ne serait pas tout simplement venu ici aujourd'hui pour laver ma voiture ? »

La jeune détective rentre et apprend à Bess et Marion ce qui s'est passé. Les deux cousines en restent bouche bée. Bess secoue la tête, perplexe.

— Ce mystère est totalement invraisemblable, affirme-t-elle.

— Ce n'est pas moi qui vais te contredire ! répond son amie en riant.

Après le petit déjeuner, Fred vient tondre la pelouse qui s'étend devant la façade. Alice l'aborde et lui demande tout à trac :

— Fred, c'est vous qui avez pris ma voiture et l'avez lavée hier soir ?

Loin d'être décontenancé, le jeune homme sourit :

— Oui, mademoiselle. Je me doutais bien que vous seriez surprise !

— Surprise ! s'exclame Alice. C'est le moins

qu'on puisse dire ! En colère et inquiète seraient plus justes. Qu'est-ce qui vous est passé par la tête ?

Fred paraît vexé.

— Vous vouliez que je lave votre voiture, oui ou non ?

Alice le regarde fixement.

— Comment est-ce que vous l'avez mise en marche ? Je n'avais pas laissé la clef sur le tableau de bord.

Le visage vide, Fred la contredit :

— Si, puisqu'elle y était. Comment est-ce que j'aurais pu mettre le moteur en marche sinon ?

Buté, il ne détourne pas les yeux. Pourtant, Alice sait qu'il ment puisqu'elle a vérifié elle-même que sa clef était bien sur sa table de nuit. Enfin, le jeune homme promène un regard inquiet autour de lui et chuchote presque :

— Vous dites que vous n'avez pas laissé la clef sur le tableau de bord et, moi, je vous affirme que j'en ai trouvé une. C'est un peu troublant, vous ne trouvez pas ?

La jeune détective l'observe un instant sans mot dire.

— Elle n'y est plus, en tout cas, déclare-t-elle sèchement. Combien est-ce que je vous dois pour le lavage de ma voiture ?

— Pas de ça entre nous, réplique-t-il. Ça m'a fait plaisir de vous rendre service et je suis désolé de vous avoir inquiétée.

— Oublions cet incident, conclut Alice, radoucie. Merci beaucoup.

Quand elle raconte cet épisode à ses amies, Marion la met en garde.

— Ne te laisse pas berner par Fred. Il a voulu voler ta voiture, mais il a dû apprendre que tu avais alerté la police et il a lavé la carrosserie avant de la ramener, pour avoir un alibi.

Alors qu'Alice est sur le point de répondre, les trois jeunes filles entendent une voiture s'arrêter devant le perron. Un instant après, M. Rorick entre dans la salle à manger. Il semble très satisfait de son équipée.

— Alors, comment va ce mystère ? les apostrophe-t-il d'un ton jovial. Vous avez le fin mot de l'histoire ?

La jeune détective est bien obligée cependant de reconnaître sa défaite. Le fantôme et ses agissements continuent de la déconcerter. Pourtant, M. Rorick la félicite de ce qu'elle a déjà appris et insiste pour qu'elle poursuive ses recherches.

— Même si vous devez y passer tout votre été, je vous supplie de ne pas renoncer. Ce n'est vraiment pas agréable de cohabiter avec un fantôme, vous savez.

— Tout l'été ? répète Alice, affolée.

Elle voit ses beaux projets de vacances s'effondrer d'un seul coup. Non, elle ne peut pas s'attarder indéfiniment à Émerson. Serrant les mâchoires, elle prend la ferme résolution de démasquer au plus vite le coupable, fantôme ou non, et de découvrir par où il s'introduit dans la bibliothèque. Cette affaire n'a que trop traîné !

Le déjeuner terminé, M. Rorick lance :

— Au fait, je vous ai déjà parlé de ma passion secrète ? Venez avez moi, je vais vous montrer mon petit trésor personnel !

Le petit groupe accompagne le propriétaire du manoir dans la bibliothèque. Celui-ci s'agenouille devant le coffre-fort et compose le code secret. Ensuite, il tourne la poignée, et la porte s'ouvre. L'oncle John regarde à l'intérieur. La surprise se peint sur ses traits et il tire violemment quelques boîtes. Quand elles sont grandes ouvertes sur le plancher, il lève vers Mme Holman et les trois jeunes filles un visage qui est devenu blême.

— Elles sont vides ! Vides...

chapitre 15

La collection de pièces

— Ma collection de pièces a disparu !

À cette annonce, Mme Holman se laisse tomber sur une chaise, accablée.

— Oh non, non ! ce n'est pas possible ! gémit-elle.

Le silence règne quelques secondes. Bess le rompt enfin :

— Elle était très précieuse ?

— Précieuse ? rugit presque M. Rorick. Elle était inestimable !

Cette déclaration rend les jeunes filles un instant muettes.

— Ces pièces étaient rangées dans ces boîtes ? interroge finalement Alice.

— Oui, dans des albums cachés dans ces boîtes. J'avais réuni toutes les pièces de monnaie émises en Amérique depuis les débuts de la colonisation, et quelques spécimens très rares de monnaies européennes. Plusieurs dataient d'avant notre ère. Une, surtout, ornée d'une tête de femme, remontait à l'an 350 avant Jésus-Christ. Elle venait de Carthage. Et une autre aussi, datant de 410 avant Jésus-Christ, trouvée à Agrigente, représentait des aigles attaquant un lièvre. J'ai tout perdu !

Désespéré, l'oncle John se met à arpenter nerveusement la pièce. Alice veut savoir s'il possède la liste des pièces volées. M. Rorick fait signe que non.

— Malheureusement, je n'ai jamais pris la peine d'en établir une.

— On va arranger ça. Je vais noter toutes celles dont vous vous souvenez, propose la jeune fille.

— Alice, l'implore M. Rorick, il faut absolument que vous retrouviez ma collection. Elle vaut une fortune et il m'a fallu des années de recherches pour la rassembler !

La jeune détective prend un bloc-notes et un crayon sur le bureau.

« Le voleur a-t-il cru trouver une partie du trésor perdu ? » se demande-t-elle en commençant d'écrire sous la dictée du malheureux collectionneur.

— Une de mes pièces de dix dollars en or avait été frappée en 1798, explique-t-il. Elle était en excellent état et sa valeur atteint plus de deux mille dollars.

— Deux mille dollars ! répète Bess.

— Oui, confirme l'oncle John. Une autre, frappée en 1827, et qui n'avait jamais été mise en circulation, vaut plus de trois mille dollars.

— Ce n'est pas possible ! s'exclame Bess, abasourdie.

Au bout de quelques minutes, M. Rorick s'arrête un moment de dicter. Marion en profite pour lui poser la question qui lui brûle les lèvres :

— Quelle était la pièce la plus précieuse de votre collection ?

— Une pièce de cent ducats en or, originaire de Pologne, datée de 1621. Elle est à l'effigie de Sigismond III. Il y est représenté en armure et décoré de l'ordre de la Toison d'Or. Un écu couronné se voit au revers. C'est une pièce unique.

— Combien vaut-elle ? s'informe Alice.

— Huit mille dollars !

Les jeunes filles et Mme Holman poussent une exclamation étouffée. Un pareil chiffre leur semble à peine croyable.

— C'est affreux ! bredouille la gouvernante, qui se retient pour ne pas pleurer.

— Je ne comprends pas, reprend l'oncle John. Ce coffre est censé être inviolable. À moins d'être un spécialiste des coffres-forts, il est impossible de l'ouvrir sans le code secret. Personne ne le connaît, à part moi et Mme Holman. C'est à devenir fou !

La jeune détective ne dit rien, perplexe. Certains éléments lui manquent et, pourtant, la solution est certainement toute proche. Il n'est pas question de baisser les bras.

— Je vais tout faire pour retrouver vos pièces, je vous le promets, affirme-t-elle.

Sur ces entrefaites, Ned, Bob et Daniel sonnent à la porte.

— Bonjour, Alice, commence Ned. Prête pour la séance de plongée ?

— Avec tout ce qui s'est passé, j'avais presque oublié, avoue la jeune fille.

Elle raconte alors aux trois garçons les derniers événements. Ceux-ci écoutent, médusés.

— Raison de plus pour aller te changer les idées, décrète Ned. Un bon bain te fera le plus grand bien !

— Nous, on va rester ici avec Bess et Marion, décide Bob.

Quelques minutes plus tard, Alice s'installe dans le cabriolet à côté de Ned, qui prend le volant. Elle prie le jeune homme de passer d'abord chez les divers serruriers de la ville.

— J'aimerais savoir si Fred ou quelqu'un d'autre a fait reproduire la clef de ma voiture.

— Je ne pense pas. Mais si ça peut te rassurer, on ira chez les deux seuls serruriers d'Émerson.

Ned a raison, aucune clef de voiture n'a été commandée ces derniers jours.

— Je ne m'étais donc pas trompée, conclut la jeune détective, Fred m'a bel et bien menti.

— Toujours aussi perspicace ! plaisante le jeune homme.

— Ne te moque pas de moi ! Il a cherché à m'effrayer avec cette histoire de voiture.

— Mais pourquoi ? s'étonne Ned. À moins qu'il ne soit de mèche avec le fantôme...

— Eh bien, ça ne m'étonnerait pas du tout ! le coupe Alice.

Ils discutent de cette question encore un moment. Bientôt, ils s'engagent dans un chemin de terre qui les conduit au bord du fleuve, à l'endroit où Ben et Tom leur ont indiqué qu'était sans doute l'épave.

— Oublions Fred, conseille Ned. J'ai hâte de jeter un coup d'œil à la *Lucie Belle* !

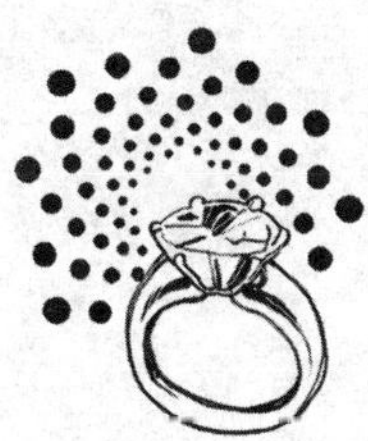

chapitre 16

Une remontée difficile

Tandis qu'Alice et Ned enfilent les combinaisons et le matériel de plongée que Ned a loués, Bob et Daniel bavardent avec Bess et Marion dans le salon du manoir.

— Qu'est-ce que vous voulez faire ? demande Bob.

— J'aimerais bien aider Alice à élucider ce mystère, répond Marion. Elle est de plus en plus préoccupée. Mais je ne vois vraiment pas comment procède ce maudit fantôme !

Après avoir envisagé plusieurs hypothèses, Daniel s'écrie :

— Et s'il entrait dans la bibliothèque par la cheminée ? Vous y avez pensé ?

L'idée paraît excellente à ses amis, qui décident de passer à l'action. Par une fenêtre du grenier ouvrant sur le toit, Daniel gagne la cheminée qui dessert la salle à manger et la bibliothèque.

— Regardez ! s'exclame Bob. Il y a des échelons de fer encastrés sur un côté. C'est facile de grimper par là, surtout pour un fantôme !

— Allez, je me lance. J'ai toujours rêvé de jouer au Père Noël ! plaisante Daniel.

Arrivé en haut de la cheminée, il jette un œil dans le conduit. Il y voit sans doute quelque chose d'intéressant, car il se penche un peu plus. Soudain, son pied glisse du dernier échelon et il plonge la tête la première !

— Daniel ! hurle Bess.

En un éclair, elle enjambe la fenêtre, franchit l'espace qui la sépare de la cheminée et gravit les échelons. En se penchant, elle aperçoit les pieds de Daniel qui s'agitent désespérément au-dessous d'elle. Heureusement, il n'est pas tombé jusqu'en bas.

— Tu es blessé ? crie-t-elle avec anxiété.

Une réponse inintelligible lui parvient. Comme ils la rejoignent au pied de la cheminée, Marion et Bob essaient de comprendre ce qui s'est passé.

— Daniel est coincé, il faut le sortir de là ! leur explique Bess. Montez vite ! Les échelons sont larges, on y tiendra tous les trois.

Sans un mot, ses deux amis obtempèrent. Le jeune homme saisit une jambe de Daniel tandis que les deux cousines se chargent de l'autre. Marion et Bob se trouvent dans une position assez instable, Bess étant la seule à avoir les deux pieds calés sur la barre de fer. Ils risquent de perdre l'équilibre à tout moment.

— Faites bien attention ! recommande Bess. Un accident suffit pour aujourd'hui !

Mais Daniel semble incapable de bouger. Marion devine que sa tête et ses épaules sont prises dans un des conduits. De plus, le jeune homme se met à tousser. De toute évidence, il respire de la suie.

— Tirez ! ordonne Bob, inquiet. Un, deux, trois !

Les trois amis joignent leurs efforts et réussissent à remonter Daniel de vingt centimètres. Quelques paroles étouffées arrivent aux oreilles des sauveteurs :

— Vous pouvez y aller, c'est bon !

De nouveau, Bob et les deux cousines tirent de toutes leurs forces. Cette fois, la voix de Daniel leur parvient plus claire. Peu à peu, il remonte et, bientôt, il est complètement sorti de la cheminée. Mais quelle vision il offre ! Il est noir de la tête aux pieds. Par miracle, il ne semble pas blessé.

— Tu es sûr que tout va bien ? s'inquiète Bess.

— Certain. Et pourtant, je l'ai échappé belle ! Je dois être l'étudiant le plus stupide de tout Émerson !

— Et le plus sale ! renchérit Bess, impitoyable. Tu ressembles à un fantôme noir.

Un éclat de rire général salue ces paroles. Reprenant son sérieux, Marion demande :

— Tu as vu quelque chose d'intéressant là-dedans ?

— Rien de particulier, si ce n'est qu'il y a deux conduits et non un seul comme je l'aurais cru. Je ne suis pas un très bon détective... Et maintenant, si ça ne vous dérange pas, je vais aller prendre une douche !

Aussitôt, les quatre amis retraversent le toit et regagnent le grenier par la fenêtre. Tandis que Daniel se lave dans la salle de bains, Bob et les deux cousines racontent l'incident à Mme Holman. Elle hoche la tête en riant.

— On peut dire que vous accumulez les aventures... et les mésaventures ! plaisante-t-elle.

— Et pour une fois, ce n'est même pas la faute d'Alice ! concède Bess.

Marion sort alors un bloc-notes et un crayon de sa poche et se met à dessiner. Très occupés à épiloguer sur la chute de Daniel dans la cheminée, les trois autres ne prêtent aucune attention à ce qu'elle fait. Quand le jeune homme revient, vêtu d'un pantalon et d'une chemise appartenant à M. Rorick, Marion lui tend son œuvre. Daniel part immédiatement d'un fou rire. Le dessin représente une cheminée dans laquelle Daniel, en Père Noël, plonge tête la première. Au-dessous, on peut lire : *Le Père Noël se précipite à la rencontre du fantôme*.

— Puisque le Père Noël apporte toujours des cadeaux, je n'ai pas le choix, conclut Daniel. Je vous invite tous au restaurant !

— Adjugé ! décrète Marion en lui adressant une grimace.

Finalement, après délibération, les quatre jeunes gens décident d'aller à *L'Escargot.* Ils en donnent l'adresse à Mme Holman, pour que Ned et Alice puissent les rejoindre s'ils le souhaitent.

De leur côté, les deux plongeurs sont à mille lieues de penser à manger. Ils nagent depuis quelque temps déjà et examinent le fond de la rivière à la lumière des projecteurs qu'ils portent sur la tête. Tout à coup, le cœur d'Alice se met à battre d'émotion : au-dessous d'eux, une grande carcasse se profile. La *Lucie Belle* !

Le navire est, comme le dit sa légende, enfoncé dans une vallée fluviale recouverte d'algues et de vase. La jeune fille contourne la bateau à la nage, essayant de repérer les écoutilles. N'en voyant aucune, elle monte sur le pont. Mais, brusquement, le bois pourri cède et, avant qu'Alice puisse esquisser le moindre mouvement pour remonter, elle a basculé à l'intérieur ! Son tuyau se coince dans les planches brisées, la privant d'oxygène...

En une seconde, Ned est auprès d'elle. Doucement, il la tire hors du trou et redresse le tuyau. Elle incline la tête en signe de remerciement. La peur l'a laissée sans force et son ami juge prudent de l'entraîner loin de l'endroit dangereux. Par gestes, il lui indique qu'il serait plus sage de remonter. Mais Alice vient de respirer plusieurs fois à fond et elle se sent revigorée. Montrant de la main la cale du navire, elle se met à nager autour, espérant trouver une ouverture.

— Je voudrais inspecter la cale, explique-t-elle, toujours par gestes, à son compagnon.

À l'extrémité du navire, ils voient un vaste orifice dont la fermeture n'existe plus. Avec leurs projecteurs éclairant au maximum, les deux plongeurs s'y introduisent. Comme ils s'y attendaient, ils se trouvent dans la salle des machines, où l'explosion fatale s'est produite. Ils traversent à la nage les parois éclatées et atteignent la cale du bateau. Malheureusement, elle ne contient rien. Que sont donc devenus les trésors qu'elle renfermait ? « Des plongeurs clandestins ont dû s'en emparer », se dit Ned. Alice, elle, a l'intuition que le coffre aux pièces d'or et celui qui était destiné aux Rorick ont été emportés par certains des survivants lors du naufrage.

Les deux jeunes gens sortent finalement de la cale et Alice fait signe à son ami de la suivre. Une idée vient de lui traverser l'esprit : le niveau de l'affluent étant plus élevé aujourd'hui que dans les années 1700, il est possible qu'il y ait des grottes, à présent sous l'eau, le long de la côte et que l'une d'elles abrite le trésor.

« Si quelque chose est arrivé aux rescapés avant qu'ils aient pu retourner le chercher, réfléchit-elle, il y est peut-être encore. »

Elle se dirige vers le rivage, qu'elle longe rapidement, en quête de grottes. En vain. Enfin, Ned réussit à lui faire entendre raison : leur réserve d'oxygène commence à s'épuiser et il est impossible de s'attarder une minute de plus. Ils reprennent bientôt pied près de l'endroit où ils ont laissé la voiture. Après avoir retiré leur combinaison, ils s'asseyent, épuisés. Le soleil couchant est encore assez chaud pour les sécher.

— Encore un échec ! se désole Alice. Cette expédition ne nous a rien appris !

— Pas de découragement, mademoiselle la détective, la gronde gentiment Ned. Vous m'avez répété je ne sais combien de fois que les fausses pistes mènent parfois sur la bonne voie !

Alice sourit.

— C'est exact. Et puis, nous avons quand même exploré la *Lucie Belle* ! En tout cas, on sait maintenant que les trésors ne sont ni dans la cale de la *Lucie Belle,* ni au fond d'une grotte le long de cette rive.

Dès qu'ils sont réchauffés, les deux amis regagnent le cabriolet. Alice enfile sa robe et chausse ses sandales, tandis que Ned met chemise et pantalon. Il jette un coup d'œil à la pendule du tableau de bord et fait remarquer à son amie qu'il est l'heure de dîner.

— On n'était pas censés retrouver les autres ? demande-t-il.

— Si, on va y aller.

Puis, reprenant le cours de ses pensées, elle ajoute :

— À mon avis, le fantôme est un homme, mince et de taille moyenne. Qu'est-ce que tu en penses ?

— Tu as de ces question ! proteste le jeune homme en riant. Comment veux-tu que je le sache !

Il met le moteur en marche. La voiture vient à peine d'atteindre le croisement suivant qu'Alice pose la main sur le bras de son ami.

— Tourne à gauche, s'il te plaît.

— Pourquoi ? s'étonne Ned. Ce n'est pas la route du manoir.

La jeune détective lui répond qu'ils sont à deux pas de la pension de famille où loge Fred.

— Je le soupçonne d'être mêlé à cette affaire. Et ça ne coûte rien d'aller rôder discrètement du côté de chez lui...

Ned tourne à gauche et Alice lui indique le chemin à suivre. Comme ils approchent de la maison, elle s'écrie soudain :

— C'est lui qui sort ! Regarde qui l'accompagne ! L'homme que j'ai entrevu dans la pinède avec Bess et Marion. Je suis sûre que c'est lui le fantôme !

— Qui est-ce ?

— Je pense que c'est le père de Fred. Oh ! Ned, quelle chance ! On va peut-être enfin en apprendre un peu plus ! Suivons-les discrètement...

chapitre 17

Un serrurier trop discret

Fred et l'homme qui l'accompagne marchent sans se retourner une seule fois. À la grande satisfaction d'Alice, ils ne remarquent pas qu'ils sont suivis. Après avoir parcouru deux cents mètres environ, les deux hommes entrent dans un garage. Ned se gare contre le trottoir, un peu plus loin, et attend les instructions de son amie. Au bout de quelques minutes, ils voient sortir une vieille guimbarde, toute cabossée. Fred est au volant, son compagnon assis à côté de lui.

— En route ! commande la jeune détective. Essaie de rester cent mètres derrière eux.

Cette poursuite les mène assez loin dans la campagne. Ned s'occupe uniquement de conduire, tandis qu'Alice, elle, ne quitte pas les deux hommes du regard. Apparemment, ceux-ci ne prêtent aucune attention au cabriolet et à ses occupants. Au bout d'un moment, Fred s'engage dans un sentier de terre très étroit qui mène au fleuve.

— On le suit ? questionne le conducteur en freinant.

— Non, pas avec la voiture, décide la jeune fille. On va la laisser ici et les filer à pied.

— Comme tu voudras.

Les deux amis descendent du cabriolet et prennent le sentier. Il n'a pas plu depuis plusieurs jours et le chemin est très poussiéreux. On distingue sans peine les traces des pneus de la voiture de Fred. Alice marche sur l'herbe du bas-côté. Elle prie Ned de l'imiter.

— C'est plus agréable, lui explique-t-elle et, comme ça, les traces de nos pas seront invisibles.

Tout à coup, elle s'arrête net.

— J'entends une voiture. On dirait qu'elle s'éloigne du fleuve en direction de la grande route.

La jeune fille accélère l'allure. Quelques minutes plus tard, les deux amis aperçoivent l'eau. Le chemin forme un coude à droite et aboutit à une petite clairière où se dresse une cabane en ruine. La voiture de Fred n'est plus en vue.

— Il est reparti par là, constate Alice en tendant la main vers une prairie qui s'étend plus loin. Regarde les traces des pneus sur le sol.

— Ils ont dû nous repérer, sinon ils auraient repris le sentier.

— Qu'est-ce qu'ils sont venus faire dans cette cabane ? murmure la jeune détective, songeuse.

Elle esquisse un pas en avant, mais le jeune homme la retient.

— Je vais passer devant, décrète-t-il.

Il frappe à la porte mais n'obtient aucune réponse. Après avoir frappé de nouveau, les deux jeunes gens concluent que la cabane est vide. Ned tourne la poignée et la porte s'ouvre sans peine. Cependant, il n'y a personne dans l'unique grande pièce.

— Monte la garde à la porte, recommande le jeune homme. Je vais fouiller la cabane. On ne sait jamais... je trouverai peut-être un indice.

La jeune détective inspecte du regard le sentier et le champ, puis se tourne pour voir ce que son ami fait. Tout en ouvrant les placards, celui-ci se met à fredonner :

Ned le curieux ouvre les armoires
Pour découvrir un indice
Et satisfaire Alice
Qui refuse de croire
À une telle malice...

La jeune fille éclate de rire en regardant son ami.

— Je ne connaissais pas tes talents de poète ! le taquine-t-elle.

Les deux amis rient de bon cœur. La jeune détective s'apprête à donner le signal du départ quand Ned fait glisser un panneau situé sous l'évier.

— Viens vite, Alice ! J'ai trouvé quelque chose, s'écrie-t-il.

La jeune fille traverse la pièce en courant et le voit sortir une lourde machine, qu'elle contemple avec étonnement.

— C'est une machine à fabriquer les clefs !

— Tu as raison !

Ned plonge la main au fond du placard.

— Et il y a aussi plein de boîtes contenant des blocs d'acier. C'est un véritable atelier clandestin !

— Je suis prête à parier que le serrurier n'est autre que le père de Fred. Avec ce genre d'appareil, on doit pouvoir reproduire n'importe quelle clef.

Le jeune homme lève les yeux vers son amie.

— Tu crois que c'est lui qui ouvre les portes du manoir Rorick ? Tu penses qu'il est le voleur-fantôme ?

— J'en suis convaincue.

— Dans ce cas, il faut qu'on apporte la machine et les blocs à la police et qu'on fasse part de nos soupçons aux inspecteurs.

— On peut emmener la machine, d'accord, mais on n'a pas la moindre preuve contre Fred ou son père. Je préfère ne pas citer leurs noms tant que je ne suis pas sûre de leur culpabilité.

La machine étant très lourde, Ned décide d'aller chercher la voiture et, bientôt, les jeunes gens chargent la machine et les blocs dans le cabriolet.

Comme ils sont sur le point de partir pour le manoir, Alice a une nouvelle idée.

— On peut passer à la quincaillerie ? propose-t-elle.

— Oui, si tu veux. Pourquoi ?

— Si les voleurs n'ont plus de machine à fabriquer des clefs, ils ne pourront plus en reproduire. Il suffit donc de mettre un nouveau cadenas à la porte de la bibliothèque pour que le fantôme ne puisse plus y entrer.

— Bien vu ! admire son ami.

Ils s'arrêtent donc en ville pour acheter un nouveau cadenas muni d'un système d'alerte, puis reprennent le chemin du manoir. Là-bas, Mme Holman leur apprend que Bess, Marion, Bob et Daniel sont partis dîner et elle leur indique l'adresse du restaurant. Cependant, alors que Ned et Alice se disposent à rejoindre leurs amis, M. Rorick apparaît sur le seuil de la salle à manger et les invite à dîner.

— Comme ça, vous nous raconterez ce que vous avez fait cet après-midi, approuve la gouvernante.

Ned sourit, hume l'air et dit :

— Hum ! Cette odeur délicieuse... Comment refuser ?

Quelques minutes plus tard, ils sont tous les quatre réunis autour de la table. Le récit de la chute de Daniel dans la cheminée fait rire aux larmes les deux jeunes gens. Ils relatent ensuite leurs propres aventures et informent M. Rorick qu'ils ont acheté un nouveau cadenas.

— Dernier modèle, affirme Ned.

Il le sort de sa poche, en explique le mécanisme et ajoute :

— L'employé du magasin nous a affirmé qu'il venait de le recevoir. Il ne l'a encore montré à personne.

— Son système d'alarme est très perfectionné, intervient Alice. Si quelqu'un l'effleure, on le saura immédiatement.

— Parfait ! les félicite M. Rorick.

— Je vais enfin dormir sur mes deux oreilles, soupire Mme Holman.

Ensuite, Alice leur révèle le plan qu'elle compte mettre en pratique après le dîner.

— Oncle John, vous voudrez bien vous rendre dans la bibliothèque, dès qu'il fera nuit noire, et allumer toutes les lampes ? Surtout, ne fermez pas les rideaux. Prenez les billets qui sont dans votre portefeuille et placez-les dans deux livres commençant par R et O, comme vous en aviez l'habitude. Veillez bien à les placer à la page correspondant à leur nombre.

Le propriétaire du manoir sourit.

— Vous voulez tendre un piège au fantôme, déduit-il.

— Oui. S'il vous surveille, je suis persuadée qu'il ne résistera pas à la tentation de s'emparer de cet argent.

Vers vingt-deux heures, Bess, Marion, Bob et Daniel reviennent et, tous ensemble, ils bavardent un moment. Comme Alice l'en a prié, M. Rorick a caché son argent entre les pages de deux livres et fermé la porte de la bibliothèque avec le nouveau cadenas. Chacun a l'impression que l'on est sur le point d'élucider le mystère. Les trois garçons proposent de monter la garde, mais M. Rorick se déclare en mesure de faire face à n'importe quelle situation. Les trois étudiants prennent donc congé à vingt-trois heures.

Après avoir verrouillé avec soin les portes et les fenêtres, les occupants du manoir regagnent leurs chambres respectives. Si Bess et Marion s'endorment aussitôt, Alice n'y parvient pas. Très agitée, elle ne cesse de se lever et d'aller à la fenêtre. Vers minuit, elle aperçoit une lueur mouvante dans la pinède. « Le fantôme se promène », se dit-elle. Elle reste aux aguets un certain temps. La lumière disparaît. Le mystérieux personnage est-il en route vers le manoir ? Va-t-il s'y introduire par une ouverture connue de lui seul et sera-t-il ensuite arrêté par le cadenas ? Tendue, la jeune détective écoute. Le signal d'alarme va-t-il se déclencher ?

La nuit se rafraîchit au fur et à mesure que les minutes s'écoulent. Alice frissonne et retourne dans son lit. Elle reste aux aguets encore un moment, mais pas le moindre bruit ne monte du rez-de-chaussée. Vaincue par la fatigue, la jeune fille finit par s'endormir.

Au réveil, chacun déclare n'avoir pas entendu le signal.

— Allons voir si l'argent est toujours dans la bibliothèque, suggère Mme Holman. S'il n'y est plus, ça veut dire que c'est bien un fantôme qui traverse les murs de cette maison.

Exprimant l'avis des quatre autres, Marion dit :

— Les billets sont forcément encore dans les livres.

Ensemble, ils se dirigent vers la bibliothèque. Alice ouvre le cadenas et entre, suivie de tous les habitants du manoir. M. Rorick va droit à un rayon et prend les deux livres. Une expression de stupeur se peint alors sur son visage. Il retourne les livres, les secoue. Pas un seul billet ne tombe à terre !

chapitre 18

Un curieux passage

L'affaire prend décidément une tournure surnaturelle. Alice s'approche de Mme Holman et l'entoure de ses bras.

— Vous avez raison depuis le début : le fantôme traverse les murs.

— Enfin vous vous décidez à me croire ! soupire la gouvernante, les yeux mouillés de larmes.

Plus pragmatique, Marion demande :

— Oui, mais quel mur ?

M. Rorick reste muet. Il ne parvient pas à imaginer comment cela s'est produit. De nouveau, le fantôme s'est emparé de son argent sans laisser la moindre trace de son passage ! Par où entre-t-il, par où sort-il ? Le vieil homme secoue la tête, comme pour chasser ces pensées.

Alice répond enfin à la question de Marion :

— Comme vous le savez, j'ai inspecté la pièce

dans ses moindres recoins. Il y a cependant un passage que je n'ai pas vérifié.

— Et c'est ?

— La cheminée !

— Qu'est-ce que tu racontes ? Comment le fantôme pourrait-il traverser des briques ? s'étonne Bess.

Marion claque des doigts.

— Quand on était sur le toit, Daniel a vu deux conduits, qui formaient des coudes en sens opposés avant de s'élever dans la cheminée. Tu crois qu'on peut en déduire quelque chose ?

— Et comment ! Dommage que je ne l'ai pas su plus tôt !

Alice passe la tête dans la cheminée de la bibliothèque, puis court à la salle à manger, où elle fait la même chose. Quelques secondes après, elle est de retour.

— Quand on est face à cette cheminée, les conduits, assez écartés, partent l'un vers la gauche, l'autre vers la droite, explique-t-elle. Peut-être qu'il y a une communication entre eux qui permettrait de passer d'ici à la salle à manger...

Tous fixent du regard le panneau de bois qui recouvre le mur entre le foyer et le plafond. Pour la première fois, Alice remarque la largeur de la tablette placée au-dessus de la cheminée : elle est suffisante pour permettre à une personne de se tenir debout. La jeune fille se hisse dessus et se met à marteler la boiserie. Tout à coup, elle a un large sourire.

— J'entends un son creux ! s'exclame-t-elle.

Alice cherche longtemps un ressort caché. Elle appuie les doigts à divers endroits de chaque panneau, essaie de les soulever ou de les faire glisser. À sa vive déception, elle ne réussit pas à déceler l'existence d'une porte secrète. Ne voulant pas admettre sa défaite, elle s'acharne.

— Bess, tu peux aller chercher une lime à ongles, la plus fine possible ? commande-t-elle.

En moins d'une minute, la jeune fille revient avec l'objet réclamé. La détective l'insère entre le panneau qui sonne creux et le suivant. Enfin, ses efforts sont récompensés. La lime fait jouer un mince levier et toute la section au-dessus du foyer ayant basculé, elle se retrouve un peu brutalement sur le plancher.

— Bravo ! Tu es la plus grande détective du monde ! clame Bess en aidant son amie à se remettre debout.

Levant les yeux, tous découvrent un passage sombre, étroit.

— Il doit aboutir dans la salle à manger, suppose Marion.

— Allons nous en assurer ! crie Alice en se précipitant dans l'autre pièce, suivie de ses fidèles adjointes, de M. Rorick et de Mme Holman.

La jeune détective déplace les chandeliers qui ornent la tablette, se hisse dessus et glisse la lime dans le panneau qui fait vis-à-vis à celui de la bibliothèque. Une haute porte étroite, allant de la tablette au plafond, s'ouvre alors. La surprise cloue M. Rorick sur place.

— Voilà un secret de famille tellement bien gardé qu'il a fini par se perdre..., murmure-t-il.

— Le voleur et Alice l'ont retrouvé, eux, remarque malicieusement Marion. Bravo, Alice ! Tu as élucidé le mystère du fantôme ! Il entrait par ce boyau dans la bibliothèque, accomplissait ses vols, puis, hop ! il sautait sur la tablette, fermait les portes derrière lui et revenait ici.

Mme Holman est restée sans voix. Enfin, elle parvient à articuler :

— Il faut téléphoner à la police tout de suite et faire arrêter le voleur.

Alice intervient :

— On peut attendre encore un peu ? Je voudrais le capturer moi-même, ou plutôt, découvrir ce qui l'attire ici en plus de l'argent et de la collection de pièces.

Elle tourne un regard implorant vers M. Rorick. Après avoir réfléchi, celui-ci répond :

— Je vous dois bien ça, Alice. Vous avez mérité qu'on vous laisse libre d'agir à votre guise. Cependant, j'accepte à deux conditions : vous ne devez prendre aucun risque inconsidéré et si, demain matin, vous n'avez pas mis la main sur le fantôme, on lancera la police à ses trousses.

— C'est d'accord, approuve Alice. Merci pour votre confiance.

La jeune fille réfléchit pendant quelques secondes, puis se tourne vers Mme Holman.

— Quand est-ce que Fred revient travailler ? lui demande-t-elle.

— Normalement, il devrait être là de bonne heure après le déjeuner.

— C'est parfait, répond la jeune fille, le sourire aux lèvres.

Elle dévoile alors une partie de son plan d'action : quand Fred arrivera, ils se mettront tous à parler de ce qu'ils envisagent de faire l'après-midi. M. Rorick et Mme Holman devront prétendre se rendre en ville jusqu'au soir, Bess, Marion et Alice faire une longue excursion, « parce que cela ne leur dit rien de rester seules au manoir avec le fantôme ». Ensuite, l'oncle John annoncera d'une voix bien audible qu'il a rapporté, de son récent voyage, des bijoux de famille et, avant de partir, il les enfermera dans le coffre-fort.

— Si Fred est le complice de son père ou d'un autre, il transmettra aussitôt cette nouvelle, conclut la jeune détective. Et je suis sûre que le voleur s'introduira au plus vite dans la bibliothèque pour prendre les bijoux.

Elle prie encore Mme Holman de téléphoner au manoir depuis une cabine téléphonique à quatorze heures précises et de donner l'ordre à Fred d'emporter des vieilles caisses et des boîtes de conserve à la décharge se trouvant à l'écart dans le bois. Les trois jeunes filles mettront son absence momentanée à profit pour se glisser dans la maison, entrer dans la bibliothèque par le passage secret et se cacher derrière le canapé et les fauteuils.

M. Rorick réfléchit un bon moment avant de donner son accord.

— Tout ça ne me semble pas trop dangereux, admet-il enfin. Vous me semblez être de taille à vous défendre.

Alice et ses amies sourient. Prise d'enthousiasme, Marion déclare :

— Je vais faire un tour dans le boyau !

Elle se hisse sur la tablette de la cheminée et s'engage dans le sombre passage. Étant donné sa taille, elle doit se courber un peu. Tout à coup, elle pousse un cri de joie.

— Oncle John, j'ai retrouvé votre collection de pièces anciennes !

Elle apparaît dans l'ouverture de la salle à manger, portant plusieurs grands albums, qu'elle tend à M. Rorick.

— Ce n'est pas possible ! Non, ce n'est pas possible, répète plusieurs fois l'heureux collectionneur, qui n'ose en croire ses yeux.

— Pourquoi est-ce que le voleur ne les a pas emportées ? murmure Marion, perplexe.

— Il a peut-être eu peur, suggère Alice. Ces albums ne sont pas faciles à cacher. Et puis, il ne pouvait pas écouler beaucoup de pièces à la fois, alors quelle meilleure cachette aurait-il trouvée que celle-là ?

Elle se tait un moment, puis reprend :

— Ce qui me surprend plus, c'est de ne pas les avoir vus tout à l'heure...

— Tu étais trop excitée par ta découverte, répond Marion et, se tournant vers M. Rorick, elle ajoute : Oncle John, vous pouvez nous dire combien de pièces vous manquent ?

Le vieux monsieur tourne rapidement les pages des différents livres et pousse un soupir de soulagement.

— Le voleur n'en a pas emporté beaucoup. Il y en a pour un peu moins de quatre cents dollars de perte. Les spécimens les plus précieux sont encore là. C'était une folie de les garder chez moi, mais j'aimais tellement les contempler que je n'ai pas eu le courage de m'en séparer.

— Vous devriez peut-être les confier tout de suite à une banque, suggère Bess.

— Moi, je pense qu'il vaut mieux les laisser où le voleur les a cachées, intervient Alice. Si on les enlève, il comprendra que le passage secret a été découvert et il n'entrera certainement pas dans la bibliothèque. Et je n'ai pas envie de perdre toutes nos chances de le prendre sur le fait !

M. Rorick est également de cet avis et Marion remet les albums là où elle les a trouvés. Nerveusement, Mme Holman jette des regards à sa montre.

— Fred arrive parfois en avance, finit-elle par

dire. Fermons ces portes et faisons semblant de nous occuper. Il ne faut pas éveiller ses soupçons.

Le jeune homme se présente alors que M. Rorick et ses invitées boivent un thé en compagnie de Mme Holman. Celle-ci le prie de balayer l'entrée, d'où il pourra entendre leur conversation. Bientôt, des bruits de pelle et de balai annoncent aux occupants du manoir que Fred est à portée d'oreille. Comme convenu, ils se mettent alors à discuter de leurs projets pour l'après-midi.

Quelques minutes plus tard, tout le monde quitte la maison, à l'exception de Fred. À quatorze heures, Mme Holman téléphone à ce dernier, comme prévu. Entre-temps, Alice, Bess et Marion sont revenues près du manoir et se dissimulent derrière des arbustes. Quand elles voient Fred emporter les ordures dans une brouette et s'éloigner en direction du bois, elles se dépêchent de se faufiler dans la maison et se cachent du mieux qu'elles peuvent dans la bibliothèque.

Les trois jeunes filles ne quittent pas des yeux la cheminée. Elles attendent depuis une demi-heure quand, tout à coup, la porte secrète s'ouvre. Un homme apparaît dans l'ouverture et saute à terre. C'est le complice de Fred !

L'intrus va directement au coffre-fort, s'agenouille et lentement fait tourner le cadran en avant, en arrière et de nouveau en avant. Enfin, la porte vire sur ses gonds. Le voleur s'empare d'un écrin en velours, contenant les faux bijoux que M. Rorick y a déposés, referme le coffre et se dirige vers la cheminée.

« Si on ne le capture pas tout de suite, il va s'enfuir et emporter avec lui la collection de pièces », se dit Alice.

Aussi souple et rapide qu'une panthère, elle sort de sa cachette et bondit dans le dos du voleur.

— Haut les mains, monsieur le fantôme ! crie-t-elle.

La jeune fille espère que le voleur ne se retournera pas et, ainsi, ne verra pas qu'elle n'est pas armée. Grave erreur ! L'homme tire de sa poche un revolver de défense et lance un jet de gaz anesthésiant à la tête de la jeune fille, qui tombe à terre, inconsciente. Le voleur grimpe prestement sur la tablette. Comme Marion tente à son tour de lui barrer le passage, il se tourne vers elle et appuie de nouveau sur la détente. Marion s'effondre elle aussi.

Bess assiste à la scène, horrifiée. Si elle bouge, le voleur lui fera subir le même traitement qu'à ses amies, et elle ne pourra leur être d'aucun secours. « Que faire ? Que faire ? » se demande-t-elle dans un état proche de la panique.

chapitre 19

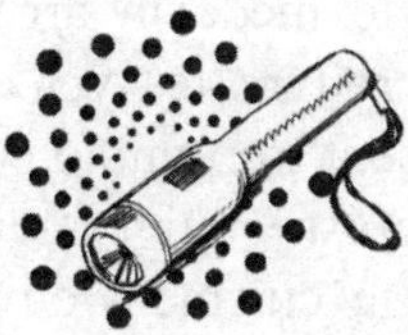

Le fantôme démasqué

Très vite pourtant, Bess reprend ses esprits. Elle se dresse et crie :

— Ne bougez pas !

D'un geste rapide, elle saisit un livre relié en cuir et orné d'un gros fermoir en cuivre. Comme le voleur pivote sur lui-même, revolver toujours au poing, la jeune fille lance à pleine volée le livre, qui heurte la main du bandit et fait tomber l'arme. Sous le choc, l'homme chancelle. Il tente en vain de reprendre son équilibre sur l'étroite tablette, mais n'y parvient pas et bascule à terre. Sa tête heurte rudement le parquet et il perd connaissance.

Aussitôt, Bess se hisse sur la tablette de la cheminée et se jette dans le sombre boyau. Elle traverse la salle à manger et, malgré le tremblement qui lui coupe les jambes, elle court au téléphone de l'entrée et compose le numéro du commissariat de police :

— Venez tout de suite chez M. Rorick et amenez un médecin ! Il y a un voleur et trois personnes inconscientes ! lâche-t-elle.

Sans attendre, la jeune fille raccroche et, incapable de se tenir debout, s'assied un instant dans un fauteuil. Les inspecteurs et le médecin arriveront-ils avant que le voleur ne rouvre les yeux et soit en état de s'enfuir ? Elle se sent trop faible pour le maîtriser seule. Malgré l'angoisse qui l'étreint, elle s'aperçoit que la porte de la cuisine s'ouvre. De sa place, elle voit Fred y entrer.

« Oh non ! Il faut que je le retienne ici, se dit-elle. S'il découvre le corps de son père, tout est perdu. »

Le seul moyen qui lui vient à l'esprit pour détourner son attention est de bavarder avec lui. Rassemblant tout le courage dont elle dispose, elle se lève, entre dans la cuisine et adresse son plus beau sourire à Fred.

— Vous avez l'air surpris de me voir, lance-t-elle, charmeuse.

— Euh... oui, bégaie le jeune homme. Je croyais que vous deviez être absentes tout l'après-midi, vous et vos amies.

Bess se met à rire.

— Vous avez raison, mais j'ai oublié mon portefeuille. Alice et Marion sont furieuses contre moi. On était déjà assez loin quand je m'en suis aperçue et je les ai obligées à revenir. Dites-moi, Fred, vous avez une fiancée ?

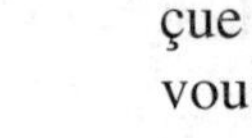

— Heu !... n... non.

Fred regarde autour de lui, visiblement mal à l'aise. Enfin, il demande :

— Vous êtes seule ?

Bess rit de nouveau.

— Apparemment, oui, à moins que je n'aie avalé mes amies. Je sais que j'ai quelques kilos en trop, mais ce n'est pas gentil de me le faire remarquer, même sous une forme déguisée. Si vous me trouvez trop ronde, je vais me mettre au régime. Comment faites-vous pour être aussi mince ? Vous avez un secret ?

— Un secret ? quelle idée ! Je suis comme je suis et je me moque bien de ma ligne. Dites, mademoiselle, est-ce que quelqu'un est venu ici depuis que vous êtes rentrée ?

— Non. M. Rorick et Mme Holman ne reviendront pas avant un bon moment. Quant à Alice et Marion, elles doivent enrager contre moi, depuis le temps qu'elles m'attendent sur la grande route. Bah ! je les rejoindrai dans quelques minutes, dès qu'on aura fini notre petite discussion. Fred, ça vous plaît vraiment d'aller chez les uns et chez les autres ? Vous ne préféreriez pas avoir un emploi stable ?

Fred se rembrunit.

— J'aime ce que je fais. Quand repartez-vous ?

Bess le dévisage, faussement étonnée.

— On dirait que vous avez hâte d'être débarrassé de moi ?

L'air de plus en plus mal à l'aise, l'employé danse d'un pied sur l'autre, cherchant une réponse qui ne vient pas. Son interlocutrice, elle, guette avec impatience l'arrivée de la voiture de police. Elle sent qu'elle ne réussira pas à retenir Fred très longtemps encore dans la cuisine. L'imagination commence à lui faire défaut.

— Vous n'avez pas un petit creux ? reprend-elle.

Tout en parlant, elle ouvre la porte du réfrigérateur.

— Moi, j'ai faim et je vois un délicieux gâteau de riz. Vous en voulez une part ?

— Non.

— Quelques biscuits et un jus de tomate, alors ?

— Non.

Bess est maintenant à court d'idées. Un silence pesant s'installe. Fred, n'ayant plus de raison de rester dans la cuisine, commence à se diriger vers l'office, lorsque, enfin, un crissement de pneus se fait entendre sur le gravier de la cour, suivi d'un grincement de freins.

— Ça doit être mes amies ! Elles en ont marre de m'attendre, lance Bess à Fred. À tout à l'heure !

Elle se précipite vers la porte d'entrée. À son vif soulagement, le commissaire, deux inspecteurs et un médecin descendent d'une voiture. Elle leur fait signe de se dépêcher. Ils gravissent les marches du perron et entrent dans le manoir. À leur vue, Fred prend son élan.

— Vite ! Attrapez l'homme qui s'enfuit par la porte de la cuisine. Vite ! Vite ! hurle la jeune fille.

Les deux inspecteurs s'élancent derrière le fugitif et le rejoignent en un rien de temps. Ramené dans la cuisine, celui-ci jette un regard mauvais à Bess :

— Vous vous êtes moquée de moi.

— Vous ne pouvez vous en prendre qu'à vous-même. Votre père – ou l'homme qui est votre complice – est sur le sol de la bibliothèque, inconscient.

— Quoi ! s'écrie Fred. Mon père est blessé.

— C'est donc bien votre père, s'écrie Bess.

Se tournant vers le commissaire, elle ajoute :

— Suivez-moi, s'il vous plaît, messieurs.

Conduisant le petit groupe dans la salle à manger, elle montre le panneau ouvert et le passage secret. Tous regardent, stupéfaits. Les yeux de Fred lui sortent presque de la tête.

— Vous l'avez trouvé ! Vous avez trouvé le passage ! répète-t-il.

— C'est Alice qui l'a découvert, réplique Bess. Ma cousine et elle sont dans la bibliothèque, inanimées. Votre père s'est servi d'un revolver à gaz anesthésiant.

— Je vous en supplie, dites-moi ce qui est arrivé à mon père !

Bess explique alors comment elle a arrêté le voleur.

— Vous... vous êtes très courageuse ! ne peut-il s'empêcher de dire.

La jeune fille ne répond pas. Se tournant vers le commissaire, elle l'implore de ne pas s'attarder et d'aller au secours d'Alice et de Marion. Elle s'engage dans le boyau pour aller récupérer la clef du cadenas dans la poche d'Alice et revient pour ouvrir la porte de la bibliothèque. Le médecin examine tout de suite les deux jeunes filles, toujours endormies. Bess ne le quitte pas du regard, les traits tirés par l'angoisse.

— Elles vont se réveiller dans quelques minutes, la rassure-t-il. Les cartouches de gaz que l'on vend avec ces revolvers ne présentent aucun danger. Quant à ce monsieur, il a une assez vilaine contusion à la tête. Il faut le soigner.

Comme le docteur achève ces mots, Alice remue et ouvre les yeux. Marion reprend conscience peu après. Elles regardent avec surprise le groupe qui les entoure. Alice veut aussitôt savoir ce qui s'est passé. Bess l'installe confortablement dans un fauteuil, allonge Marion sur le canapé et raconte son histoire.

— Et moi qui te traitais de peureuse ! s'écrie Marion, très fière de sa cousine.

Celle-ci se contente de sourire. Elle essaie alors de se lever mais ses jambes refusent de la porter. Maintenant que la nécessité d'agir ne la soutient plus, elle cède à l'émotion et se laisse aller contre le dossier de sa chaise.

— Fred doit pouvoir nous apporter quelques éclaircissements sur cette affaire, suppose-t-elle.

Avec un brin de vantardise, le jeune homme leur révèle qu'il a découvert le passage secret par hasard, en époussetant la cheminée de la salle à manger. L'espace d'une seconde, un rayon de soleil a fait briller la mince plaquette de métal qui joint les deux panneaux au-dessus de la cheminée. Il a glissé un couteau à cet endroit et, à son grand étonnement, la porte a basculé. Le reste n'a été qu'un jeu d'enfants.

— Mon père, poursuit-il après un bref silence, a deux amis qui savent pas mal de choses au sujet du naufrage de la *Lucie Belle.* Ils pensent que les rescapés ont transporté un trésor à terre et l'ont caché dans les parages. Ils ont fait pas mal de recherches à la bibliothèque de l'université, pour essayer de trouver des documents qui leur en apprennent davantage mais sans succès.

— C'est sûrement eux que Ned a entendus discuter un jour à la bibliothèque, déduit Alice.

— Ils nous ont aidés à vous suivre partout où vous alliez, explique Fred. John et Hank sont très malins. Oh ! quel imbécile ! Je viens de vous donner leurs noms !

La jeune détective constate que les inspecteurs prennent des notes. Les complices de Fred et de son père ne resteront pas libres très longtemps. Fred hausse les épaules, fataliste, et continue :

— À nous quatre, on a cherché, creusé, mais on n'a pas eu de chance. J'ai parlé à mon père des livres qu'il y avait dans la bibliothèque de

M. Rorick et il a tout de suite voulu les lire. Il se disait qu'il y en aurait forcément un qui nous permettrait de localiser le trésor. Pendant qu'il les consultait, je restais de garde à la porte.

— Si vous teniez tellement au secret, pourquoi est-ce que vous promeniez cette lumière dans la pinède ? interroge Alice.

— C'est moi qui en ai eu l'idée. J'avais entendu Mme Holman dire que seul un fantôme pourrait s'introduire dans la bibliothèque. J'ai pensé qu'en l'effrayant, on pourrait opérer nos recherches en toute tranquillité. Pas mal, non ?

— Qu'est-ce que vous avez fait de l'argent que vous avez volé ? demande la jeune détective.

Fred paraît étonné.

— Qu'est-ce que vous voulez dire ? Quel argent ?

— L'argent que vous avez pris dans cette pièce.

Entre-temps, le médecin a ranimé le père de Fred. On le fait asseoir sur une chaise.

— Dès que vous vous sentirez mieux, je vous conseille de coopérer ! le somme le commissaire.

L'homme promène autour de lui un regard morne. Tandis qu'il l'arrête sur Alice, Marion et Bess, une lueur mauvaise l'éclaire. Pressé de questions par la jeune détective, le malfaiteur lâche avec arrogance :

— Je suis serrurier de mon métier et perceur de coffres-forts à mes moments perdus.

— Vous n'utiliseriez pas une machine à fabriquer les clés qui se trouve dans une cabane près de la rivière ? insiste Alice.

— Comment le savez-vous ?

Alice retrace alors aux policiers et à ses amies la filature qu'elle a faite dans l'après-midi avec Ned. Elle informe le commissaire que la machine est à sa disposition dans le coffre de son cabriolet. Confondu, l'homme finit par avouer que l'outillage trouvé dans la cabane lui a permis de reproduire les diverses clefs du manoir.

— Mais alors, pourquoi avoir utilisé le passage secret ? s'étonne Marion.

— Pour m'y cacher en cas de besoin et vous espionner quand je le voulais. Je m'y suis souvent réfugié, pendant que vous étiez dans l'une ou l'autre pièce. Et c'est comme ça que j'ai pu continuer à entrer quand vous avez changé le cadenas.

Le commissaire prend la parole à son tour et demande pour quelle raison il a attendu si longtemps avant d'ouvrir le coffre-fort. L'homme déclare que la combinaison était très compliquée et lui a donné beaucoup de fil à retordre.

— J'imagine que c'est pour ne pas éveiller les soupçons que vous ne préleviez que de petites sommes dans les livres, suppose Alice.

Le père de Fred prend un air satisfait.

— Comme ça, il y avait de grandes chances pour que M. Rorick ne remarque rien. Un billet par-ci, un billet par-là, et le tour était joué. D'ailleurs, ça me suffisait largement en attendant de retrouver le trésor.

Fred regarde son père avec réprobation.

— Tu as volé autre chose ? lui demande-t-il.

M. Braul sourit à son fils et confesse le vol des pièces anciennes.

— Celles qui manquent, ajoute-t-il, sont encore dans ma chambre, à la pension de famille.

L'homme reconnaît aussi avoir employé toutes sortes de moyens pour contraindre Alice à quitter le manoir. Espérant y réussir par la peur, il avait fait appel à ses amis. L'un d'eux avait foncé sur le canot d'Alice et de Ned, l'autre avait poussé des cris de terreur dans les bois.

— On espérait vous décourager et avoir le champ libre, explique-t-il en se tournant vers la jeune fille.

— C'est vous aussi qui avez volé mon collier de perles ? demande-elle.

— Oui. Il est caché dans la cabane, sous les planches, devant l'évier.

Pendant plus d'un quart d'heure encore, Fred et son père répondent aux questions qui leur sont posées. L'idée des empreintes était de M. Braul. Il connaissait un homme aux pouces énormes.

— Je suis sûr que ça vous a inquiétée de voir cette feuille voler au-dessus de votre tête, lance-t-il en riant grassement. J'étais perché dans un arbre et je me suis bien amusé. Vous regardiez partout sans me voir !

Fred, lui, a inventé l'histoire de l'accident survenu à Sarah. Son père l'ayant aidé à faire démarrer le moteur sans clef, il a pris la voiture d'Alice pour la laver. Ils l'ont emmenée tous deux jusqu'à la cabane où M. Braul a fabriqué une clef de contact qui aurait permis à Fred de la conduire en cas de besoin.

— Je n'ai pas laissé la clef sur le contact, précise Fred. Si j'ai prétendu qu'elle y était, c'est parce que je voulais vous faire croire à une intervention du fantôme et...

— Ce que j'aimerais savoir, le coupe la détective, c'est si, oui ou non, vous avez retrouvé le trésor de la *Lucie Belle* ?

M. Braul secoue la tête.

— Non. Mes amis ont dû se tromper.

Le commissaire estime qu'il est temps d'en finir.

— Je suis navré de ne pas avoir pris cette histoire plus au sérieux, s'excuse-t-il auprès d'Alice. Si vous n'avez plus de questions à poser au sujet des vols, mesdemoiselles, on va emporter la machine comme pièce à conviction et emmener ces deux hommes. Dites à M. Rorick de passer à mon bureau dès que possible.

Quand les jeunes filles se retrouvent seules, elles discutent des événements de la journée.

— L'oncle John et Mme Holman vont être bien étonnés à leur retour. Le mystère est élucidé, conclut Bess.

Alice rectifie :

— Un seul des deux mystères est résolu. N'oubliez pas qu'il nous reste à trouver les cadeaux de mariage !

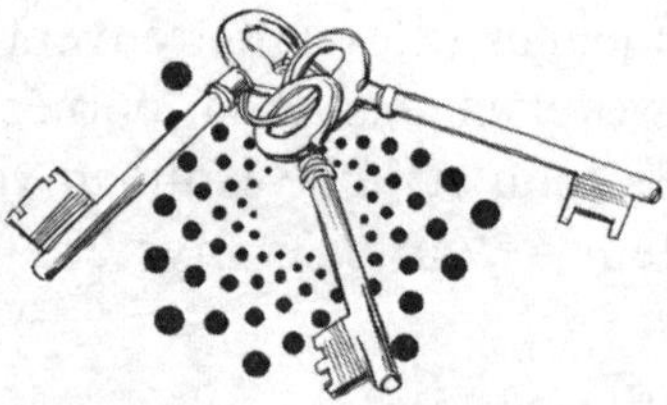

chapitre 20

Le trésor retrouvé

— Alice ! On a fait le plus important. On peut rentrer à River City maintenant, s'écrie Marion.

— Oui, j'en ai assez, moi aussi, approuve Bess.

— On ne va quand même pas abandonner une affaire en cours de route ! proteste la jeune détective. Écoutez, j'ai eu une idée au sujet de la tuerie qui a eu lieu peu de temps après le naufrage. Supposez que les Indiens aient accueilli les rescapés et les aient aidés à enfouir le trésor. En échange, les naufragés ont peut-être promis de leur abandonner une part du butin, mais avec la ferme intention de ne pas tenir cette promesse. Lorsqu'ils sont secrètement revenus déterrer les coffres, les Indiens les ont surpris et, furieux d'avoir été trompés, les ont massacrés. D'après l'ancienne carte que j'ai étudiée, le drame se serait déroulé près du village. Et si les parents de M. Rorick parlaient d'un vieux pin, peut-

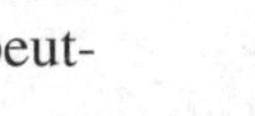

être suffit-il de chercher à cet emplacement une autre souche de pin que celle repérée par Ned ?

— Les chances sont minimes, mais on peut toujours essayer, concède Marion soudain décidée.

— Maintenant ? demande Bess.

— Oui, sans perdre une seconde ! répondent ses deux amies à l'unisson.

Une fois de plus, les jeunes filles troquent leurs robes d'été pour des pantalons et des tee-shirts plus pratiques, se munissent de leurs outils et prennent la direction du village indien. À première vue, il n'y a aucun pin. Sans se décourager, elles arpentent le terrain et localisent enfin une énorme souche couverte de mousse.

— C'est parti ! s'enthousiasme Alice.

Bess enfonce sa bêche dans le sol en grommelant :

— J'espère que tu ne te trompes pas, cette fois, parce que ce travail ne me plaît pas beaucoup. J'ai horreur de creuser, c'est épuisant !

Les deux autres filles ne résistent pas au plaisir de la taquiner. La terre, durcie par la sécheresse, résiste à leurs coups de pioche. Toutefois, les trois amies persévèrent. Comme elles achèvent presque de décrire un cercle autour de la souche, Marion s'écrie soudain :

— Je viens de heurter quelque chose !

Pleines d'espoir, ses amies se précipitent à son aide. En dix minutes, elles dégagent deux coffres en fer posés l'un sur l'autre. Alice gratte l'épaisse couche de rouille qui les recouvre, et les mots *Lucie Belle* apparaissent sur le couvercle du coffre supérieur.

— On l'a retrouvé ! jubile Bess, ivre de bonheur.

Alice glisse le fer de sa bêche dans la jointure du couvercle et appuie de tout son poids sur le manche. Après plusieurs tentatives, elle réussit à forcer le coffre. Haletantes, les trois amies l'ouvrent et restent bouche bée à la vue d'un amoncellement de pièces d'or.

— Il doit y avoir des millions là-dedans ! s'écrie Bess.

— Quelle richesse ! s'enflamme Marion.

— Pourvu que la ville en fasse bon usage, soupire Alice. Une partie de ce trésor devrait revenir à l'université.

Unissant leurs forces, les trois jeunes filles sortent du trou le coffre aux pièces d'or. Elles grattent la terre et la rouille sur celui du dessous. Bientôt, le nom « Rorick » apparaît, gravé dans le métal. Vivement, les jeunes filles extirpent ce second coffre de la tombe où il est enfoui depuis tant d'années. Alice l'ouvre en procédant de la même manière que pour le premier. Les trois amies ont du mal à refréner leur impatience. Quand, enfin, le couvercle cède, elles découvrent avec ravissement une petite malle de cuir à couvercle bombé. Le nom d'Abigaïl Rorick y est peint.

— Les présents ! murmure Bess, très émue.

— L'oncle John possède la clef de cette malle ! rappelle Alice.

— Comment est-ce qu'on va rapporter tout ça au manoir ? questionne Marion. Les coffres sont très lourds !

— On pourrait fabriquer une sorte de brancard à la façon indienne, suggère Alice.

Suivant ses directives, les deux cousines disposent les trois bêches à une trentaine de centimètres d'écart, puis elles ramassent des branches mortes, qu'elles placent à côté les unes des autres, en travers de la partie métallique des bêches. Elles fixent le tout à l'aide d'herbes tressées. Enfin, elles font glisser les coffres sur le brancard.

Malgré la difficulté de la tâche, les trois amies réussissent tant bien que mal à rapporter leur précieuse cargaison. Comme elles arrivent dans le jardin du manoir, Mme Holman les aperçoit. Une minute après, elle accourt à leur rencontre, accompagnée de M. Rorick.

— Qu'est-ce que... ? commence-t-elle.

Pour toute réponse, Alice soulève le couvercle du coffre contenant les pièces d'or.

— Je ne peux pas en croire mes yeux ! s'exclame l'oncle John. Où l'avez-vous déniché ?

La profonde stupéfaction qui se lit sur le visage de Mme Holman et de M. Rorick met un sourire sur les lèvres de la jeune détective.

— On va transporter les deux coffres dans l'entrée, dit-elle. Pendant ce temps, vous pourriez aller chercher la clef ?

Bientôt, l'heureux propriétaire du manoir introduit une clef joliment ouvragée dans la serrure rouillée et, après quelques difficultés, parvient à la faire jouer. Très excitées, les jeunes filles soulèvent le couvercle. Un cri d'admiration leur échappe.

Avec mille précautions, elles sortent une robe de mariage magnifique et des escarpins de satin blanc, jaunis par le temps. Le voile semble si fragile qu'elles osent à peine le toucher. Quant à l'éventail d'ivoire, il est peint à la main, certainement par un artiste de talent.

— Ce sont de véritables pièces de musée ! murmure Alice, la gorge nouée par l'émotion.

Au fond de la malle, repose un écrin recouvert de velours.

— C'est le cadeau secret, assure M. Rorick. Vous voulez bien l'ouvrir, Alice ?

Flattée par cette marque de confiance, la jeune fille prend délicatement l'écrin et le manipule avec un soin infini. Tout le monde retient son souffle. Enfin, la jeune fille réussit à l'ouvrir : un ravissant diadème garni de brillants et d'émeraudes s'offre alors à leurs yeux.

— C'est somptueux, admire Alice, le souffle coupé.

— Une vraie parure de reine ! renchérit Bess.

Chaque pierre semble rivaliser d'éclat avec ses voisines. M. Rorick, Mme Holman et les trois jeunes filles ne se lassent pas de contempler cette merveilleuse œuvre d'art. C'est Marion qui reprend la première ses esprits. Elle ramène brutalement sur terre ses hôtes et ses amies.

— Et vous ne savez pas tout ! En votre absence, on a arrêté les voleurs, oncle John !

Elle raconte les événements de l'après-midi. Quand elle a achevé son récit, M. Rorick et sa gouvernante restent muets.

— Un trésor ! Les présents d'Abigaïl ! Un diadème de toute beauté ! Le fantôme hors d'état de nuire ! Un passage secret découvert ! articule enfin M. Rorick.

Il se tait une seconde, bouleversé, puis reprend :

— Je ne pourrai jamais assez vous remercier toutes les trois de ce que vous avez fait pour nous. Comment vous exprimer ma reconnaissance ?

— N'oubliez pas que vous nous avez accueillies lorsque nous étions sans toit, réplique Alice en riant.

— Il faut célébrer ça en tout cas, déclare M. Rorick. Nous allons organiser une fête et inviter toutes les personnalités de l'université et de la ville.

— Et Mme Palmer, ajoute Alice. Je lui ai promis de la tenir au courant...

— Bien sûr, elle sera des nôtres, approuve l'oncle John. Au cours de cette fête, nous remettrons le coffre contenant les pièces d'or aux autorités municipales et nous offrirons la parure de mariée au musée d'Émerson. Quant au précieux diadème, j'ai ma petite idée là-dessus : je le donnerai à la première d'entre vous qui se mariera.

Les trois amies rougissent et Alice détourne la conversation.

— Le conservateur du musée sera peut-être content d'avoir le bout de ruban que nous avons trouvé dans la grotte indienne, souligne-t-elle.

Une expression étrange s'installe sur le visage du vieil homme.

— Vous... vous êtes entrées dans cette grotte ! s'exclame-t-il, à la fois surpris et désolé. J'aurais pu vous en parler... J'y ai découvert ce ruban il y a des années. J'avais l'habitude de jouer dans ce refuge connu de moi seul, quand j'étais jeune. Pourquoi est-ce que vous ne m'en avez rien dit ?

— J'étais persuadée de vous avoir mis au courant de ma découverte, bredouille Alice. Je suis désolée de ne pas l'avoir fait.

Le vieil homme se met à rire.

— N'y pensez plus, ma jeune amie. Il nous arrive à tous d'oublier des choses de temps à autre, oui, à tous..., même, ajoute-t-il avec malice, à la meilleure des détectives !

Table

« Pour l'éditeur, le principe est d'utiliser des papiers composés de fibres naturelles, renouvelables, recyclables et fabriquées à partir de bois issus de forêts qui adoptent un système d'aménagement durable. En outre, l'éditeur attend de ses fournisseurs de papier qu'ils s'inscrivent dans une démarche de certification environnementale reconnue. »

Composition ***Jouve*** – 62300 Lens

Imprimé en France par Jean-Lamour - Groupe Qualibris
Dépôt légal : janvier 2008
20.07.1168.2/02 – ISBN 978-2-01-201168-7
Loi n°49-956 du 16 juillet 1949
sur les publications destinées à la jeunesse

« Pour l'éditeur, le principe est d'utiliser des papiers composés de fibres naturelles, renouvelables, recyclables et fabriquées à partir de bois issus de forêts qui adoptent un système d'aménagement durable. En outre, l'éditeur attend de ses fournisseurs de papier qu'ils s'inscrivent dans une démarche de certification environnementale reconnue. »

Composition ***Jouve*** – 62300 Lens

Imprimé en France par Jean-Lamour - Groupe Qualibris
Dépôt légal : janvier 2008
20.07.1168.2/02 – ISBN 978-2-01-201168-7
Loi n°49-956 du 16 juillet 1949
sur les publications destinées à la jeunesse